J'AI 7 ANS

LAURENT DUTHEIL

J'AI 7 ANS

ÉDITIONS VIVIANE HAMY

Photo de couverture d'après © Mat Jacob / Tendance Floue
D'après une conception graphique de Pierre Dusser
ISBN 978-2-38140-009-9

À mes enfants
Anna et Gaspard

« Je ne parle pas parce que j'ai la force de parler, je parle parce que je n'ai pas la force de garder le silence. »

Rabbin A. I. Kook

LE SECRET

J'ai sept ans. C'est un jour d'école comme les autres. Un jour d'école en culotte courte parce qu'on a des culottes courtes à l'école, des chaussures à lacets, les cheveux courts et une blouse grise. C'est la même blouse grise pour tout le monde. La blouse grise, c'est l'égalité, pas celle des conditions mais celle des apparences.

C'est un jour d'insouciance et d'enfance heureuse dans une famille bourgeoise où les jours passent après les jours, où le temps s'écoule au rythme des horaires fixes et de la vie pratique, des dates de vacances et des goûters d'anniversaire. Une famille dont on ne parle pas, qui ne se fait pas remarquer, père avocat, mère au foyer, deux enfants à élever dans le bonheur conforme du quotidien.

C'est le soir. Un soir comme n'importe quel autre soir. Avec ma sœur Catherine, on dîne avec les parents. À peine arrivé, mon père commence par ouvrir son courrier, comme chaque jour. À peine bonjour. Le courrier d'abord. Il ne parle pas de sa journée, mon père. Il ne raconte pas. Il est content d'être là, chez lui, à table, avec sa femme et ses deux enfants. Rien au courrier. Rien de particulier à signaler. On peut dîner.

On devait être un lundi car il y avait des épinards. Les épinards, il faut les finir. À cause de tous les enfants qui meurent de faim, de tous ceux qui ont crevé de faim pendant la guerre et aussi à cause de ceux qui n'en sont pas revenus. À sept ans, face à la faim, face à la guerre, face à sa mère, il n'y a pas beaucoup d'arguments.

À la maison, on ne cuisine pas, on fait à manger. Ma mère ne prend aucun plaisir à cuisiner. Ce qui compte, c'est qu'on finisse nos assiettes et, surtout, qu'on ne manque jamais de rien. Manquer, il n'y a aucune chance que ça arrive, on a des provisions à profusion.

Dès qu'on puise dans le stock, on remplace, souvent en l'augmentant. Si bien qu'à force, on a des produits périmés. Je me suis rendu compte, mais plus tard, que maman les consommait après avoir enlevé l'étiquette de la date de péremption. À la maison, on ne jette pas.

Mon père, lui, collectionne les sucres. On en a des milliers. Ceux-là, on n'y touche pas. Ils s'entassent. Maman en achète quand même. Ce qui est bizarre, c'est qu'elle se plaint de ne pas avoir assez de place. Une fois, je lui ai dit que si on mangeait les sucres, on aurait plus de place.

– Ils sont bien là.

Je n'ai pas insisté.

Chez nous, la cuisine est un non-lieu. Pas de convivialité. Pas d'échanges. Pas de rires. Pas de bonnes odeurs. Pas de vie de famille. Pas de vie. C'est un lieu de rangement, de vaisselle qu'on essuie. La porte de la cuisine est toujours fermée, comme celle d'un placard. À la cuisine, il n'y a pas de place pour nous. Juste pour ma mère, pour les provisions et pour les sucres. De la cuisine, je n'ai aucun souvenir, sinon, au sol, des carreaux marron et beige et des barreaux noirs à la fenêtre.

Jamais, avant les épinards, il ne m'est venu à l'esprit que des enfants ont eu faim à cause de la guerre. Dans le monde de mes sept ans, je suis bien loti et surtout bien nourri, à l'ombre d'une jolie rue d'un beau quartier de Paris. Tout juste ai-je côtoyé Duchemin, le fils de la concierge de notre immeuble, un camarade de classe qui vit seul avec sa mère et n'a pas de chambre à lui.

La guerre, on n'en parle jamais, sauf au moment des épinards, le lundi. Elle revient le mardi avec les choux de Bruxelles, le mercredi avec les haricots verts. La guerre disparaît les soirs de frites et de pâtes, en fin de semaine. Là, pas de problème pour finir mon assiette.

Pour moi, comme pour la plupart des enfants, la guerre est d'abord un jeu. Un château fort qu'on défend, un pont-levis relevé juste à temps, la victoire des bons sur les méchants. Les méchants, c'est souvent les Allemands. Aux billes, j'excelle. À sept ans, j'ai déjà des centaines de billes et des dizaines de calots. En billes, je suis le premier de la classe.

À l'école, notre maîtresse, Mme Raynal, nous dit qu'il y a eu la guerre, que même il y en a eu deux. Elle ne nous parle pas de celle de 1870, seulement des deux dernières. Pour la deuxième, on verra plus tard, elle n'est pas au programme et peut-être, ajoute-t-elle, qu'on en parle chez nous. À la maison, papa et maman disent juste qu'il n'est pas question d'aller passer les vacances en Allemagne.

Ce qui, pour moi, représente la guerre en vrai, c'est une vitrine située dans une pièce très sombre de l'hôtel particulier où habitent mes grands-parents maternels, à Neuilly-sur-Seine. Dans cette vitrine, il y a une médaille, une croix de guerre dont a été décoré, à titre posthume, le frère de mon grand-père. Il s'appelait Armand Cahen. Il a été gazé à la guerre, la « der des der », la première. C'est en sa mémoire que mes grands-parents ont prénommé l'un de leurs fils Armand.

Chez mes grands-parents non plus on ne parle pas de la guerre. Pas même d'Armand, mort pour la France. Le dimanche, au déjeuner de famille, quand la conversation s'aventure sur les terrains de l'histoire, de la politique ou de la religion, mon grand-père René, figure tutélaire plutôt taiseuse que personne n'ose contredire, assène cette phrase sans appel : « C'est dimanche. »

Chacun retourne alors à son assiette et moi à l'ignorance des choses.

Les dimanches succèdent aux dimanches au pays des beaux tissus des nappes brodées de mon enfance. Chez mes grands-parents, la porte de la cuisine est toujours grande ouverte et les bonnes odeurs des plats de Maria, la cuisinière, suffisent au plaisir d'être là.

Ce soir, l'ambiance est d'une gravité inhabituelle. Les silences se prolongent. Mes parents se regardent avec appréhension. En face de moi, ma sœur, Catherine, mon aînée de trois ans. Elle est attentive, bien élevée, scolarisée dans un cours privé où l'on ne porte pas de blouse grise mais une jupe plissée bleu marine et un bandeau blanc pour tenir les cheveux.

Mon père finit toujours le premier son assiette. Il passe alors de sa chaise à son fauteuil. Ma mère, elle, attend que nous ayons terminé de manger nos yaourts et nos fruits parce que les fruits et les yaourts c'est bon pour la santé, ça fait grandir, c'est plein de vitamines et qu'on a besoin de vitamines à notre âge.

Cette fois, mon père est resté debout, légèrement crispé, frottant nerveusement ses doigts les uns aux autres, pressé qu'on en finisse. Il a « quelque chose à me dire » et, pour cela, il a besoin « d'être au calme ». Il veut que j'aille dans ma chambre.

– Ta maman et moi avons à te parler.

Combien de fois me suis-je rappelé cet instant-là ? Je revois tout, cette tension, le soir qui tombe, les grands fauteuils verts du salon, l'impatience de mon père, l'inquiétude de ma mère.

Je suis dans ma chambre. Une chambre d'enfant avec une grande fenêtre qui donne sur une cour sombre. Un bureau en Formica. Des étagères pour mes Lego. Mes petites voitures Dinky Toys. Quelques bandes dessinées. Un dictionnaire. Une armoire en bois clair. Un lit en rotin avec, dessus, une belle couverture rouge et noir. Par terre, une moquette grise. Une chambre à moi, douillette et confortable, comme n'en a pas mon camarade Duchemin.

Je suis assis sur mon lit et j'attends. Je suis un petit garçon sage sans rien à me reprocher. Je ne me suis battu avec personne. Je n'ai pas volé. À l'école, je me tiens bien, les bras croisés sur le pupitre. J'ai de bonnes notes de conduite. Je ne fais pas d'histoires. Je n'ai aucune idée de ce que mes parents veulent me dire. Je n'ai pas l'habitude qu'ils me prennent à part. C'est la première fois.

Je regarde mes petites voitures et le rouleau compresseur jaune Dinky Toys avec lequel je construis des routes. La dernière fois, c'était dans la forêt amazonienne. Notre maîtresse nous a dit qu'on ne pouvait pas pénétrer en

Amazonie : trop de moustiques, beaucoup de crocodiles et des poissons très méchants qui sectionnent les doigts d'un seul coup de mâchoire. Alors, comme un défi à la nature et à Mme Raynal, j'ai goudronné sur la moquette avec mon rouleau compresseur une route droite dans la forêt amazonienne.

J'aimerais bien qu'ils me disent que je n'irai pas en classe demain.

J'entends le pas de mes parents. Ils entrent. Papa devant. Je ne me souviens plus très bien de leur expression, seulement de la voix grave et solennelle de mon père.

– Assieds-toi.

Il parle bien mon père, avec une belle voix, sans jamais d'aigus, même quand il crie. Il crie un peu tout le temps, contre les voitures quand il est à pied, contre les piétons quand on est en voiture et beaucoup à la maison, surtout sur ma mère. Il crie souvent pour rien, dit qu'il en a besoin, que ça lui fait du bien, que comme ça il se sent vivant. Mais, dit-il, « ça n'a pas d'importance ». Pour lui, l'instant d'après, tout est oublié.

Pas pour moi.

Je ne sais pas comment elle fait pour supporter ça, ma mère.

Ce soir, il ne crie pas et ils ont l'air d'accord. C'est déjà ça. Le fait qu'ils soient d'accord me rassure. Surtout que ma mère le soit avec mon père.

– Ta maman et moi, on a beaucoup réfléchi avant de t'en parler. Avant, tu étais trop petit, maintenant, tu peux comprendre.

Je viens de gagner le titre de petit assez grand pour comprendre.

– C'est un secret. On peut te faire confiance ? Tu ne le diras jamais à personne ?

– Non, jamais.

Je suis terriblement fier à l'idée de partager un secret avec mes parents. Bien sûr, j'en ai déjà partagé avec des copains mais là, ce n'est pas pareil. C'est plus qu'un secret. Ils me font confiance.

– Tu n'es pas tout à fait comme les autres.

Une fraction de seconde, je me dis que c'est parce que je suis super intelligent. J'y pense parce que, dans notre entourage, il y a des enfants surdoués. Ils ne sont pas très heureux à l'école, comme moi. Et, parce qu'ils sont surdoués, on leur a fait sauter une classe. À moi aussi on a fait sauter une classe, même deux. Mais, vu la médiocrité de mes résultats, j'abandonne immédiatement cette piste, à regret.

Je suis peut-être handicapé. Quand « on n'est pas comme les autres », c'est qu'on a un problème. J'ai peut-être une malformation dont je ne me suis pas rendu compte. Un mal invisible. Je m'attends au pire.

– Tu n'es pas tout à fait comme les autres parce que tu n'es pas catholique. La France, c'est un pays catholique et nous, on ne l'est pas. Tu es juif, comme nous. Toute la famille est juive.

Ouf ! Je ne suis pas handicapé !

Je comprends alors que, n'étant pas catholique mais juif, je ne suis pas français. Incroyable ! J'ai toujours dit que j'étais français. Je parle le français couramment et sans accent mais je ne suis pas français !

Ne pas être français, ça me va bien. Cela me plaît énormément d'être d'ailleurs. D'Afrique ? Ce n'est pas possible, on est tous blancs. D'Asie ? Personne n'a les yeux bridés ou en amande. Allemand ? Ça m'étonnerait. C'est où le pays des Juifs ?

– On n'est pas français ?

– Mais bien sûr que si on est français, sauf qu'on n'est pas de la même religion que la majorité des Français. C'est tout.

– C'est pour ça que je ne suis pas comme les autres ?

Je m'attendais à quelque chose de terrible ou d'extraordinaire, enfin à quelque chose qu'on peut raconter à ses copains. Catholique ? Je ne vois pas trop ce que ça veut dire. Je sais bien que catholique, cela a à voir avec la religion, mais juif, je savais pas. D'ailleurs, juif, c'est un mot qu'on ne dit jamais à la maison. Je ne l'ai pas non plus entendu à l'école, ni même chez mes grands-parents où nous allons pourtant déjeuner chaque dimanche.

– Ta maman et moi, tes grands-parents, toute la famille est juive.

Qu'est-ce que ça peut bien faire ? Ce n'était pas la peine d'être pressé de finir de dîner, que j'aille dans ma chambre, que mon père et ma mère me fassent asseoir entre eux. Dire que j'étais inquiet.

– Il ne faut surtout pas le dire, jamais en parler. À personne, tu entends, à personne. Si tu en parlais, il pourrait arriver des choses épouvantables. (Silence.) Oui, épouvantables. On pourrait venir nous arrêter et nous emmener en prison.

Et puis ils m'expliquent qu'ils ont fait le « nécessaire », qu'ils m'ont fait baptiser, que j'ai une marraine très catholique mais qu'elle habite loin d'ici. Elle a écrit une lettre que je pourrai montrer s'il le faut. Elle est rangée au fond du deuxième tiroir de la commode de l'entrée. Une lettre à montrer s'il le faut ? Baptisé ? Une marraine ? Je ne l'ai jamais vue, ma marraine. Elle s'appelle comment, ma marraine ? Elle ne vient jamais à la maison. Ça sert à quoi une marraine ? À faire des lettres.

Papa et maman me jettent des coups d'œil de travers. Ils se sont donné la main. Je m'en souviens bien parce que c'était la première fois que je les voyais la main dans la main.

– On a changé de nom.

– Alors, on ne s'appelle pas Dutheil ?

Je me mets à imaginer des noms tellement célèbres qu'on a dû en changer pour ne pas être reconnus, ne pas être tout le temps poursuivis par des photographes, qu'on puisse vivre tranquilles. C'est sûrement, pour mes parents, une manière de se protéger et de nous protéger. Einstein ? Non, il est allemand. Victor Hugo ? Renoir, j'aime bien, comme maman.

– On s'appelle Dutheil. Avant, on s'appelait Deutsch, mais maintenant c'est Dutheil. Dutheil, c'est très bien. En France, il y a plein de Dutheil. Il y en a qui n'ont pas de h mais nous, on a gardé le h, comme le h de Deutsch.

Dire qu'on aurait pu avoir n'importe quel nom et qu'on a pris celui de n'importe qui ! Je suis horriblement déçu.

Papa est très content d'avoir trouvé ce nom parce que Dutheil ça sonne bien.

– Avec un nom comme celui-là, il n'y a rien à craindre.

Rien à craindre ? Il avait d'abord pensé à Dutch mais Dutch, c'était trop proche de Deutsch. Dutheil, c'est mieux.

Jusque-là, maman n'a rien dit. Elle est un peu recroquevillée, presque voûtée. Ses traits ont vieilli. Elle paraît fatiguée. Elle se rapproche de moi, m'entoure de son bras et me parle tout bas, d'un trait, sans hésiter, sans s'arrêter :

– Avoir changé de nom, c'est le plus grand bonheur de ma vie. Je ne sursaute plus quand on frappe à la porte. Je ne m'angoisse plus quand on m'appelle dans un magasin. Je n'ai plus peur quand on me regarde dans la rue. Cahen, j'avais trop peur. Deutsch, j'aurais eu peur aussi. Cahen et Deutsch, c'est pareil. Dutheil, c'est bien.

Voilà, c'est fini. Ils se lèvent. Ils se tiennent toujours par la main. Ils sont d'accord.

Il me faudra bien des années pour comprendre que leurs conflits, leurs cris et les portes claquées n'étaient rien à côté de ce secret qui les liait, plus solide que tout, plus dur que le ciment. Il me faudra bien du temps pour prendre la véritable mesure de cette annonce surprenante, pour l'heure sans importance ni conséquence.

Mes parents partis, je me souviens avoir sorti les affaires de mon cartable et, pour la première fois, avoir vraiment regardé mon nom sur l'étiquette collée sur mes protège-cahiers. Ce nom auquel jusqu'alors je n'avais pas prêté attention, ce nom qui n'était pas vraiment le mien.

J'ai pensé que si, comme ça, on pouvait changer de nom, on pouvait peut-être aussi changer de prénom et qu'au lieu de Laurent je pouvais prendre un prénom que j'aime bien. Simon, j'aime bien.

J'ai rangé mes cahiers et enfilé mon pyjama bleu. J'ai pris mon ours jaune dans mes bras, lui ai dit combien je lui faisais confiance, l'ai mis à son tour dans la confidence.

La vie a repris son cours, pâle et insouciante, loin du serment que j'avais fait à mes parents. La soirée tomba dans l'oubli et cette histoire dans le silence pendant longtemps.

LA RÉVÉLATION

J'ai treize ans. Je suis en classe de quatrième au lycée Janson-de-Sailly, Paris 16e. Il n'y a plus de blouse grise, ni de Duchemin, ni de jeu de billes, ni d'ours jaune. À la maison, il y a encore plus de sucres, autant de provisions et, le lundi, toujours des épinards.

Il y a le petit et le grand lycée. Au petit lycée, je suis grand pour mon âge mais, dans ma classe, je suis le plus jeune. Pourtant, dans ma tête, je suis en retard. Je suis à la traîne des autres. J'aurais bien voulu être chef de classe, surtout à cause des deux filles de ma classe.

C'est la première fois qu'il y a des filles dans ma classe. Elles n'ont d'yeux que pour le chef de classe. J'ai les cheveux trop courts, les joues trop rondes et l'expression encore trop enfantine pour être un chef de classe. Quand les cours sont finis, les grands vont au café. Ils fument des cigarettes. Ils jouent au flipper. Ils boivent de la bière. Moi, je rentre sagement à la maison, prendre mon goûter. Peut-on être un chef quand on dit toujours oui ? Oui à ses parents, oui à ses professeurs, oui à tout, même aux épinards ?

Mon père, lui, il est chef, chef de famille comme il dit. En fait, il n'est pas chef du tout. Je le vois bien quand il est avec des amis. Il n'est au centre de rien. On ne l'écoute pas. On le regarde parce que c'est le mari de ma mère. Ma mère, elle s'appelle Nadine. Elle est très belle, ma mère. Je suis fier de sa beauté. De longs cheveux noirs, des pommettes saillantes, un beau sourire, toujours bien habillée, de beaux tailleurs, de beaux tissus. Elle aurait pu faire du cinéma. Ma mère, c'est la classe. La classe bourgeoise.

On regarde ma mère et on n'écoute pas mon père. Alors, pour se faire entendre, il élève la voix. Chez nous, ça marche. Avec les autres, non. Sauf quand il se met à crier. Pour rien. Pour exister. Là, les autres s'arrêtent de parler. Ils le sermonnent vigoureusement. Alors il s'énerve encore plus. Maman ne sait plus où se mettre, ne sait pas quoi faire, se fait rabrouer. Quand il crie devant des amis, au restaurant, dans la rue, j'ai honte. Quand il crie après ma mère, quand il crie après moi, j'ai maintenant envie de crier plus fort et de lui dire « Ça suffit ! »

Mon professeur de français s'appelle M. Longaud. Ce sont les tout premiers jours de l'année scolaire, au début de l'après-midi. Je me souviens d'un ciel tout blanc. Nos grandes fenêtres donnent sur un immense bâtiment de briques rouges et de pierres. Au mur, il y a une grande carte de géographie. En petits caractères, les reliefs et les noms des villes de France. En gras, les Alpes, le Massif central, les Vosges, les Pyrénées. En gros, la Manche, l'Atlantique, le golfe de Gascogne et la Méditerranée. Aux franges, la Belgique, le Luxembourg, la Suisse, l'Allemagne, l'Italie et l'Espagne. Avec, tout en haut, en très gros : CARTE DE FRANCE.

J'aime mon pays. J'en suis fier. Fier des images des rois de France collées sur mes cahiers. Fier des victoires de Bonaparte et de sa Grande Armée. Fier de Valmy, fier de Verdun. Fier de nos grands noms, de ceux de la Révolution, de la Résistance, de ceux qui sont au Panthéon. Fier des Champs-Élysées et des défilés du 14 Juillet. Fier d'Armand, mort pour la France. Aux billes, à l'école communale, j'ai gagné un soldat qui tient droit et bien haut le drapeau français. Ce porte-drapeau, c'est mon soldat préféré.

En classe, je suis assis à l'avant-dernier rang sur la droite. M. Longaud procède à l'appel. Pour l'aider à mémoriser nos noms, il nous propose un jeu : il va deviner « l'origine de nos noms », d'où ils proviennent, « quelles en sont les racines ». Comme ça, il mettra plus facilement un nom sur nos visages. Ce sera plus simple pour lui. Il pourra nous « identifier à un territoire » et même, ajoute-t-il, « à un terroir ».

Sur le moment, je ne fais aucun rapprochement entre ce jeu de devinettes et l'annonce, un soir de mes sept ans, de notre changement de nom. Je ressens seulement une gêne passagère, mais une gêne quand même. Je crois que c'est à cause du mot « terroir ». « Terroir », c'est un mot dont j'ignore l'existence, un mot dont je me sens l'étranger bien qu'il me paraisse parfaitement français. Un côté racine, un côté bien de chez nous, avec gros rouge, saucisson et tradition. Terroir, ça me fait penser à catholique. Catholique, comme la France.

Territoire, par contre, je m'y retrouve. Mon territoire c'est la France. C'est là que je suis né.

C'est à Paris que j'ai grandi. La terre de France, oui. Le terroir, non. Armand, il est mort pour la France et pour défendre notre territoire. Il n'est pas mort pour défendre un terroir. Mes grands-parents maternels ont bien une maison de campagne, à trente kilomètres de Paris, à Crespières, dans les Yvelines, au milieu d'un champ de betteraves. On y va souvent le week-end et une partie des vacances, mais c'est juste une maison de campagne. Un bout de terre. Pas un terroir.

Nom après nom, devinette après devinette, M. Longaud égraine territoires et terroirs. L'exercice a trouvé son rythme. Une blague par-ci, un commentaire par-là. La science de M. Longaud s'étale et se répand sur nous comme une toile de savoir, de bons mots et de proverbes du cru.

La France, ses fleuves et ses méandres, ses alluvions et ses vallons, ses prairies, ses montagnes et puis ses bords de mer, ses châteaux et ses forêts de chênes, ses sangliers et le brame des cerfs, la France de nos pères, la France dans ses frontières. La France, « ce cher et vieux pays ». *Douce France, cher pays de mon enfance*, comme chantait Charles Trenet pendant la guerre. À cette vitesse, on en a pour l'après-midi. Aucun cahier ni crayon à sortir. Aucune composition à écrire. Aucune note à venir. Merci la France et sa géographie.

Parfois M. Longaud s'interroge lui-même. C'est assez drôle de voir son professeur s'interroger tout seul, prendre la pose, faire la moue, se gratter le menton. C'est la première fois que je vois cela. Peut-être qu'à partir de la classe de quatrième, les professeurs commencent à s'interroger ? Catherine, ma grande sœur, ne m'en a jamais parlé. Il faudra que je lui demande.

M. Longaud m'impressionne. Crinière blanche, visage épais et un peu lourd, petit, trapu, il mêle corpulence et bon sens, expérience et connaissances.

Il a tout bon, M. Longaud. Il a maintenant passé en revue la plupart de mes camarades. Aucun d'entre eux n'a réagi à l'énoncé de son nom. Chacun à son tour s'est levé puis s'est rassis. Il s'est instauré dans la classe une ambiance bon enfant, presque une douce torpeur. L'après-midi s'étire tranquillement, agrémenté des noms de villes et de départements, d'églises et de clochers, de places de village avec, au milieu, leurs monuments aux morts.

L'inquiétude me gagne. Je sens en moi une tension dont je ne m'explique ni la provenance ni la cause.

– Dutheil, voyons, Dutheil. Il s'arrête un moment, réfléchit et s'exclame : « Mais, Dutheil, ça vient de Dutilleul et Dutilleul, c'est un nom qui vient de la Provence ! »

À écouter M. Longaud, ça a l'air bien joli la Provence. Il nous parle de présence romaine, d'intégration à l'empire des Francs, de chaînons calcaires et de massifs anciens, d'accents chantants et de cultures fruitières et vivrières.

De la Provence, monsieur Longaud ? C'est impossible. Je n'ai aucune famille en Provence. Je n'ai jamais entendu parler de la Provence. Avec mes parents, on n'y est jamais allés ni même passés. Je ne vois pas où c'est la Provence, elle ne figure même pas sur la carte de France accrochée au mur de la classe. Vous faites erreur, monsieur Longaud. Je ne tire aucun plaisir à vous prendre en défaut mais pas question non plus de disparaître dans les chaînons calcaires et les massifs anciens. Se cacher, peut-être. Disparaître, non.

Quelque chose monte en moi, déborde. Je me sens fort, très fort. J'ai dans la bouche le sentiment de l'injustice et le dégoût de la lâcheté. Je me lève d'un seul homme, bien droit, la tête haute. C'est plus fort que moi :

– Ah non, pas Dutilleul : Deutsch !

Je suis debout. Silence dans les rangs. Silence de M. Longaud. Je reste debout. Mes camarades ont le regard posé sur moi. Cela ne m'est jamais arrivé jusque-là. M. Longaud a l'air surpris et semble contrarié. Je ne sais pas qui est le plus étonné des deux. Cette fois, M. Longaud s'est trompé. Avec moi, il commence mal son année. Quand même, je suis assez content de l'avoir fait trébucher.

En général, j'interviens peu. Je suis quelqu'un qu'on n'écoute pas. Là, c'est net et sans appel. Pas de doute possible. On m'a écouté, grâce à Deutsch. Les deux filles de la classe n'ont d'yeux que pour moi. Le temps d'un instant, je suis le chef de classe. J'ai dit non.

C'est mon premier vrai non. Bien sûr, j'ai déjà dit non mille fois mais c'était pour dire non merci. Ce non-là, je m'en rends bien compte, est tout différent. Il n'a aucun précédent. C'est un non comme jamais auparavant, un non qu'on ne m'a pas appris, qui ne relève d'aucune éducation.

C'est de moi et de moi seul que je parle cette fois, ni comme un fils, ni comme un petit-fils, ni comme un petit frère, ni comme un petit en classe, mais comme un homme.

Je te nomme, mon nom, avec reconnaissance et sans douleur, avec honneur et dignité et sans hésitation. Je te prononce après tant d'années d'absence et de silence. Je te sors du fond de ma conscience, cher lourd secret de mon enfance. À treize ans, je pousse le cri de ma deuxième naissance.

– Dutheil, asseyez-vous.

Dans les heures qui suivent, je vis dans un monde étrange et flottant d'impressions confuses, fugaces et indéfinissables. M. Longaud et mes camarades n'existent plus, les yeux des filles non plus. La classe n'a plus d'importance. Le lycée a disparu. Les choses et les autres deviennent indistincts et se perdent dans un halo de brume. Tout est flou, tout est vide, tout s'évanouit.

C'est vers le soir que je sors de mon hébétude. De ma chambre, j'entends des voix et des pas.

– Alors tu viens ?

Les choses pratiques et quotidiennes reprennent forme et vie : ma chambre, ma sœur et mes parents, les assiettes, le sel et le poivre, les verres et les couverts.

– Quoi de neuf ?

À l'heure où l'on se met à table pour dîner, ce sont toujours les premiers mots de mon père. Il y en a qui font la prière. Lui, c'est « Quoi de neuf ? » Il a l'air de bonne humeur, d'avoir passé une bonne journée. Il y a de la gaieté dans sa voix. Le dîner s'annonce heureux. Ce « quoi de neuf » est machinal, personne n'y répond plus depuis longtemps.

C'est à ce moment seulement que je me souviens du jeu de M. Longaud. Je n'y voyais qu'un jeu, pas encore un enjeu. Il s'était mis à hiberner au fin fond des chaînons calcaires et des massifs anciens. Papa l'a réveillé et l'a tiré de son terrier où il s'était douillettement installé. C'est donc en toute innocence que je commence à raconter :

– Cet après-midi, avec M. Longaud, mon professeur de français, nous avons fait un jeu. Pour mieux nous mémoriser en ce début d'année, il a dit qu'il allait, à l'appel de chacun de nos noms, en chercher l'origine. Comme ça, il pourrait plus rapidement nous identifier, sans risque de se tromper.

Silence de mort. Les parents attendent la suite, sans plus bouger. Ils se sont arrêtés de manger. Plus un bruit de couvert ou de mastication. Le temps n'a plus cours. Ils me regardent fixement. Je dis qu'on y a passé une bonne partie de l'après-midi. Papa s'impatiente.

– Alors, qu'est-ce que tu as dit ?

Ses mots sont tendus, sa voix blanche et coupante.

Je perds mon assurance.

– Lorsqu'est venu mon tour, il a dit que Dutheil ça venait de Dutilleul et que Dutilleul, c'est un nom qui vient de la Provence.

– Dutilleul ? De la Provence ? Absolument. Je savais bien que les Dutheil, il y en avait un peu partout, avec ou sans h, il doit forcément y en avoir en Provence sauf qu'avant, ils s'appelaient Dutilleul.

Sa voix est pleine d'une assurance forcée. L'ambiance se détend.

– J'ai dit non.

– Quoi ?

– J'ai dit non.

Son visage est de cire, son teint blême, ses traits sont durs. Il cogne du poing sur la table une fois, deux fois, trois fois.

– Mais qu'est-ce que tu as dit ?

– J'ai dit non, pas Dutilleul : Deutsch.

Mon père a les yeux exorbités et se met à hurler sans s'arrêter, tandis que la table menace à chaque coup de s'écrouler.

J'ai souvent vu papa en colère mais je ne l'ai jamais vu comme ça. Ce n'est pas un coup de colère, c'est un cri de douleur. Maman est ravagée. Elle pleure. Ma sœur Catherine paraît anéantie. Les hurlements reprennent.

– Tu te rends compte ? Non mais tu te rends compte ?

Mon père s'est levé. Il marche à grandes enjambées, fait plusieurs fois le tour de la table, s'arrête, lève les bras au ciel, me prend par les épaules, me secoue à me faire tomber, me fait mal.

– Tu te rends compte ?

Je suis terrorisé. Qu'est-ce que j'ai dit qui justifie que mes parents se mettent dans un pareil état ? Debout, les mains tremblantes, mon père fait claquer la sentence, définitive et terrifiante :

– Maintenant, si on vient nous arrêter, on saura pourquoi.

Quel danger représente-t-on ? Quel crime aurions-nous donc commis ? Ma sœur est toute pâle. Ma mère continue à pleurer. J'ai peur que papa ne fasse une crise cardiaque.

Un tabou s'est brisé.

Mon père a mis la main sur l'épaule de ma mère. Ils se sont trompés, ils n'auraient jamais dû m'en parler, on ne peut pas me faire confiance. Il m'ordonne de filer dans ma chambre. Il ne veut plus me voir. J'écoute à la porte, inquiet et effaré de ce qui vient d'arriver. Longtemps, j'entends leurs voix, leurs hauts et leurs tout bas. Je crois qu'à un moment, ils ont dit qu'il fallait changer les serrures mais je n'en suis pas sûr.

Ce soir-là, pour la première fois, j'ai vu mes parents s'effondrer et, d'un seul coup, vieillir. J'en suis la cause. J'en suis bouleversé et je n'ai plus mon ours jaune pour en parler.

Combien de fois ai-je revécu ce moment-là ? J'entends encore leurs cris, je revois leurs visages, la frayeur de leurs regards, leur colère, leur détresse, les larmes de ma mère.

À treize ans, ce soir-là, je comprends soudainement que, sans le savoir, sans le vouloir, j'ai réveillé les peurs et les douleurs de mes parents. Il n'y a plus de secret mais un avant et un après. Je sens que le petit garçon que je suis encore vient de disparaître. Je quitte un monde, celui des billes et des petits soldats, des couchers tôt et des heures fixes, des épinards et des pulls jacquard. Je me glisse dans un autre. Celui des idées et des cafés, des journaux et des cigarettes, celui des filles et des levers tard, du rhythm and blues et du ciné. Dans ce paysage où le brouillard de mes origines s'est dissipé, je le sais maintenant, je peux être inquiété. Mais je veux vivre sans me cacher, pouvoir dire ma vérité et mon identité. Je dois maintenant faire mon chemin. Sans sucres à profusion ni placards à provisions. Un chemin incertain où je me sens plus sûr.

Rien n'a été pensé et encore moins prémédité. C'est sorti comme ça, spontanément, sans prévenir, comme une évidence, aussi comme une libération, une sorte d'évènement fondateur en négatif. Sur le coup, je ne pense à rien d'autre qu'à rétablir la vérité. J'ai le sentiment de défendre quelque chose d'intime qui nous rassemble et qui nous appartient. Ce nom, notre nom, je ne veux pas le perdre.

Dire non et dire mon nom, c'est à la fois rompre le silence et refuser de me délester du passé, un peu comme un défi contre l'adversité. Le hasard veut que cette brisure soit survenue à l'âge où, dans la religion juive, les garçons atteignent la majorité et deviennent responsables de leurs actes. C'est ma façon, involontaire et imprévue, de passer à l'âge adulte. Elle ne relève d'aucune cérémonie, lecture ou prière. Elle ne prend pas la forme d'une appartenance à une religion, à une communauté, encore moins à un peuple comme nation. Cet acte m'ouvre à un monde aux âmes dispersées et diluées au fil de leur intégration ou de leur assimilation que seule la Shoah unit dans un destin commun.

À treize ans, je découvre que j'appartiens à une famille qui a été pourchassée, dont des membres ont disparu dans les convois de la déportation et dans les camps de la mort. Curieusement, si j'en suis secoué, je n'en suis pas accablé. J'accueille ce dévoilement imprévu et singulier non pas comme la confirmation d'un pressentiment mais comme un commencement. Avec le sentiment diffus d'avoir une histoire en propre que je n'ai partagée avec personne.

Je n'ai alors aucune idée ni conscience des malheurs et des frayeurs qui furent ceux de mes parents. Petit garçon, je ne connais ni la peur de manquer ni la raison des stocks de sucres et des boîtes de conserve empilées qui, même avariées, ne seront jamais jetées. Je ne comprends pas quand mon père éteint la télé tandis que passe un film sur la guerre et dit : « Je ne peux pas le supporter. » Je ne mesure pas le sens des paroles de ma mère quand elle dit qu'avoir changé de nom est le plus grand bonheur de sa vie.

Je découvre, à force d'insistance, qu'ils ont dû fuir, changer sans cesse de lieux, qu'ils ont frôlé le pire.

J'apprends que maman, dans la hantise d'être arrêtée, vivait avec de faux papiers, qu'elle a changé dix-sept fois d'école en quatre ans et fini la guerre à Ussel, en Corrèze, épuisée, une partie du visage paralysée, et qu'à l'époque, elle ne s'appelait plus Cahen mais Cabène.

Longtemps après la fin des hostilités, ses parents luttaient encore pour récupérer l'hôtel particulier de Neuilly-sur-Seine que mon arrière-grand-père Alfred avait construit de ses propres mains, au tout début du siècle, au temps où Neuilly n'était encore qu'un vaste champ. Cette maison fut ensuite attribuée à des « Français de souche » par un administrateur provisoire dans des conditions que j'ignore.

Quand mes grands-parents rentrèrent après la guerre à Paris, les occupants refusèrent de rendre la maison qu'ils prétendaient avoir acquise en toute légalité, celle de Vichy. Il fallut plusieurs années pour que grand-père René et sa famille puissent habiter à nouveau chez eux après avoir versé une somme importante à ces Français de je ne sais quel terroir.

Je me souviens d'avoir entendu qu'un soir, papa rentrait à vélo à la ferme où, avec sa mère et ses oncles et tantes, ils étaient cachés à Gaillac, près de Toulouse. Il y avait, garée dans la cour, une voiture de la milice. Des coups de feu avaient été tirés. Il était resté là, tapi jusqu'à ce que la nuit tombe, sans plus entendre un bruit. La milice avait intimidé, pillé. Elle n'avait pas tué. Et que, quelques semaines auparavant, le 11 novembre 1942, Germaine Deutsch et son fils Jean, mon père, avaient reçu une lettre du préfet du Tarn leur enjoignant de quitter Albi où ils s'étaient réfugiés « au motif de loger un nombre assez important de fonctionnaires et en particulier de fonctionnaires et agents de police qui, affectés à Albi, n'ont pas jusqu'à présent pu faire venir leur famille dont ils sont obligés de vivre séparés [1] ». Et que cette mesure, « si elle n'était pas respectée, serait exécutée par la force et elle est uniquement dictée par l'intérêt général et rendue indispensable par les circonstances ».

Cette période sinistre a radicalement changé la vie de mes parents et leur a largement suffi. Elle s'est arrêtée en même temps que la paix est revenue. Ils disent qu'ils ont eu de la chance et n'en demandent pas plus. Ils ont substitué à leur vie de clandestinité et de traqués une existence confortable et paisible, considérant qu'être juif était un risque qu'il valait mieux ne plus prendre. De Cahen à Cabène en temps de guerre et de Deutsch à Dutheil en temps de paix, notre sécurité a pris le pas sur notre identité.

Ils ont préféré l'allusion à l'explication. Ils ont voulu nous faire croire, à ma sœur Catherine et à moi, qu'étant sortis indemnes de la guerre, la manière dont ils l'avaient traversée importait assez peu finalement, qu'il valait mieux et autant que possible, sinon tout oublier, du moins tout enterrer.

En ne disant pratiquement rien, ils ont cru nous protéger. Pour y arriver, encore eût-il fallu que leur vie de ces années-là ait cessé de les poursuivre et de les effrayer. En cherchant à nous préserver coûte que coûte de leurs années de souffrances, en n'ayant de cesse de vouloir enterrer une mémoire traumatisante et faire disparaître le passé qui les hantait pour ne laisser subsister qu'une mémoire sans souvenir, ils ont fait de ma jeunesse et de ma vie une source d'interrogations et d'inquiétudes permanentes. Parler aurait transmis l'horreur. Se taire a diffusé l'angoisse.

Si nous avions vécu dans une sorte de banalité juive qu'aucune peur ne serait venue compromettre, si nous nous étions simplement tenus éloignés de notre judéité mais sans la refuser, j'aurais pu oublier que j'étais d'une famille juive. Résultat, je n'ai eu de cesse d'y revenir. Comme le fait remarquer Nicolas Abraham dans *L'Écorce et le Noyau* : « Ce ne sont pas les trépassés qui viennent nous hanter, mais les lacunes laissées en nous par le secret des autres [2]. »

Ce soir-là, au lieu de transformer la rébellion de mes treize ans en rite de passage et de faire de moi un Juif adulte sans bar-mitsvah, ils ont convoqué les fantômes et partagé leurs hurlements et leurs sanglots.

J'aurais pu comprendre le sens de leurs silences si nous en avions librement discuté. J'aurais pu inscrire l'histoire de la Shoah dans celle, terrible et millénaire, des déplacements forcés et des persécutions. Considérer qu'elle est aussi l'Histoire elle-même et sa part d'ombre, de tragédie et de misère où rôdent à jamais les Noirs en esclavage, les génocides, les nettoyages ethniques, les millions d'épaves humaines des camps de travail et de rééducation mais également les multitudes promises aux boucheries des assauts et des bombes.

J'aurais sans doute approuvé leurs mises en garde contre de nouveaux dangers s'ils les avaient inscrits dans un combat universel et sans fin contre les injustices et les intolérances, bien plus vaste qu'un entre-soi juif. Qui sait si ce combat, nous ne l'aurions pas mené ensemble ?

Ils ont préféré que je reste un enfant car ils n'avaient aucun recul pour admettre que le déni protecteur n'était qu'une bombe à retardement. Elle a explosé en pleine classe de quatrième, sans faire de victimes. Cette grenade que j'ai dégoupillée, sans le faire exprès, fut pour moi une façon de me préserver de l'oubli et de m'inscrire dans une famille.

Être juif, n'est-ce pas aussi une chance ? N'est-ce pas, plutôt qu'une histoire d'atrocités et de souffrances, d'abord un sentiment d'appartenance à une culture faite d'écrits millénaires, de contes merveilleux, de légendes, de découvertes et de savants ?

J'aurais tant aimé qu'ils me parlent du passé glorieux de conseillers et de marchands que les rois et les sultans se disputaient au fil du temps. De ces Juifs combattants du premier jour dont témoigne de Gaulle en 1940, à Londres : « J'attendais l'Église, j'ai vu arriver la synagogue [3]. » De ces milliers de soldats juifs qui servirent sous les ordres de Leclerc dans les déserts d'Afrique du Nord, qui avaient hissé haut le drapeau tricolore. Celui que tenait fier et droit mon soldat préféré de mes années d'enfance. J'aurais aimé qu'ils évoquent la bouleversante résistance des Juifs du ghetto de Varsovie, abandonnés de tous, de ce premier soulèvement armé en Europe contre la poigne de fer et de sang de l'occupant nazi, de ce combat qu'Arie Wilner, alias Jurek, soldat de l'Organisation juive de combat, a résumé en ces termes : « Nous ne voulons pas sauver notre vie. Personne ne sortira vivant d'ici. Nous voulons sauver la dignité humaine [4]. »

Pourquoi n'ont-ils rien dit de ces grandes et terribles histoires, que l'on cite en exemple, qui vous déchirent mais vous réchauffent le cœur ?

À la place de l'engagement et du courage de ces hommes, je n'ai eu droit qu'à la ligne de démarcation, aux rafles et aux déportations.

Papa et bien d'autres ont raconté qu'à la Libération et dans les années qui suivirent, les Français, même ceux qui, majoritaires, avaient soutenu Pétain ou s'en étaient arrangés, étaient tout à leur joie de vivre et à leur liberté retrouvée. Lui-même, alors âgé de tout juste vingt ans, ne pensait qu'à s'amuser, sortir, danser et coucher avec des filles. Fini le temps où Fernandel servait la propagande de Vichy, où Sacha Guitry prenait le thé avec Goering, où Charles Trenet chantait *La Romance de Paris*, où Arletty aurait répondu à ses juges : « Si vous ne vouliez pas qu'on couche avec les Allemands, fallait pas les laisser entrer [5]. » Fini le temps où l'on était réduit à soi-même, où l'homme, dans son dénuement, mangeait des épluchures, avait plus besoin de pain que de bonheur. Beaucoup ne voulaient plus parler de la guerre. Papa non plus.

Quand même, je la sentais, ce qu'ils appelaient notre « différence ».

INTUITIONS

Je me souviens de la guerre des Six Jours, en 1967. J'ai onze ans. Je vois encore mes parents, les oreilles collées jour et nuit au poste de radio. Le téléphone sonne sans arrêt. Des appels de leurs amis, tous juifs, dont la plupart ont changé de nom, eux aussi. Je me rappelle les avoir entendus chuchoter, à travers la porte que j'avais laissée entrouverte :

– L'Holocauste ne leur a pas suffi. Que va faire la France ? Que vont faire les États-Unis ?

Je les ai vus pleurer de joie et de fierté dans l'euphorie de la victoire et horrifiés d'entendre à la télévision la diatribe de De Gaulle contre Israël et son peuple, « ce peuple d'élite, sûr de lui-même et dominateur [6] ». Maman s'est mordu les lèvres et s'est mise à pleurer. Papa s'est levé de son fauteuil, les poings serrés et rageurs, fixant de Gaulle et l'écran avec un mélange de tristesse et de colère.

Ils ne comprenaient pas. Tout le monde avait pu voir les images de Nasser enflammer les foules du Caire et exhorter les soldats de son armée à se préparer au combat. Tout le monde savait que les chefs arabes avaient fait alliance et unissaient leurs forces pour mieux fondre sur Israël. Tous les diplomates avaient dit l'imminence de la guerre. Et voilà que de Gaulle accusait les Juifs, pas même Israël comme État mais le peuple juif lui-même.

– De Gaulle nous abandonne, je vous l'avais bien dit, ce type on ne peut pas lui faire confiance.

– Pire qu'une déception, une trahison.

– D'ailleurs, on ne peut faire confiance à personne.

« Un peuple d'élite, sûr de lui-même et dominateur » ? Moi, ça m'avait tout de suite plu. J'en avais été flatté. C'était la première fois que j'entendais, rendez-vous compte, de De Gaulle lui-même, l'homme du 18 Juin et de la Libération, « le grand homme », « le plus illustre des Français » comme l'avait proclamé le président René Coty en 1958, que les Juifs sont un peuple d'élite. Les Juifs qu'on accusait presque de s'être laissé déporter sans résister et sans combattre. Voilà qu'ils tenaient maintenant, mais à tort, le haut du pavé et que Tsahal venait de défaire l'ennemi et, avec lui, ses dirigeants népotistes et corrompus.

Je ressens comme une profonde injustice cette critique incessante des Juifs qui ne font jamais comme il faudrait qu'ils fassent. Soit qu'ils se laissent massacrer. Soit qu'ils se défendent et se battent un peu trop bien, qu'ils aillent un peu trop loin, une fois jusqu'au canal de Suez, une autre sur les hauteurs du Golan. « Sûr de lui-même et dominateur » ? Ça me changeait des rafles et des déportations. Merci mon général.

Je me souviens de la guerre du Kippour, en 1973. J'ai dix-sept ans. Je revois les mines effarées de mes parents devant le déferlement télévisé des chars égyptiens dans le désert du Sinaï et leur angoisse, celle qui taraude tout Juif craignant le pire pour la sécurité d'Israël. Je nous vois, cette fois tous ensemble, rivés au poste de radio, avec le sentiment d'un malheur sourd et partagé, à l'écoute des discours enflammés des dirigeants arabes sur les Juifs de nouveau promis à la mer.

Ces deux guerres furent pour moi une période de vrai bonheur. Non pas tellement parce qu'Israël avait une nouvelle fois vaincu et pouvait ainsi continuer de vivre mais parce qu'elles furent l'un de ces rares moments, peut-être le seul, d'une profonde unité familiale autour d'une judéité assumée où les Juifs, s'ils étaient toujours menacés et en perpétuel danger, savaient se reconnaître et s'entraider.

Ce bonheur allait être de courte durée et notre unité sur ce point bien vite se déliter. Aux Juifs d'Israël qui défendaient leur terre comme une mère ses enfants, mes parents avaient donné procuration. Mais en terre de France, il n'y avait pas de discussion : pas question d'autre chose que d'assimilation, pas d'autre solution, au risque de la disparition.

Papa et maman ne voulaient plus « être juifs ». Ils ont cherché à gommer notre identité, ses marques et ses traces, quitte à ce que dans les moments d'émotion, d'inquiétude et d'anxiété à peine contenue, notamment lors des guerres d'Israël et, plus tard, des attentats antisémites, elles apparaissent comme des pas sur le sable avant que le vent à nouveau les efface.

Grand-père René, le frère d'Armand mort gazé en 1914, avait dû fuir dans la nuit après qu'on l'eut prévenu qu'on allait l'arrêter. Lui non plus ne voulait plus de tout cela. Comme tant d'autres, il n'avait pas voulu y croire. La France ne pouvait pas trahir ses idéaux. Son frère était mort pour l'avoir défendue vingt ans plus tôt. Comment, Pétain, le vainqueur de Verdun, persécutait la famille du soldat Armand Cahen, la livrait aux Allemands ? Impensable. Jamais un seul dimanche de déjeuner familial autour de la table de la salle à manger il ne fut question de cette erreur d'appréciation ni des heures sombres et du nom de Cabène. Ce n'est pas qu'ils l'avaient oublié, ils avaient choisi de ne pas s'en souvenir.

Il nous fut seulement donné, lorsque ma sœur et moi allions dormir chez nos grands-parents, de rencontrer chez eux un couple de personnes âgées qui s'appelaient Rosy. Ils avaient aidé grand-père René, sa femme et ses enfants. Peut-être les avaient-ils sauvés. Grand-père René, industriel dans l'aluminium, et M. Rosy, charbonnier de métier, se parlaient en frères, calés dans les grands fauteuils verts du salon, sans jamais évoquer, du moins en notre présence, les temps passés. Je me souviens qu'ils se regardaient très gentiment, presque tendrement, avec une bienveillante complicité. Ils semblaient se dire que la vie avait été autrefois difficile mais que, somme toute, elle leur avait souri.

J'ai grandi au sein de cette famille régie par ce contrat particulier dont les clauses, claires et intelligibles, reposaient sur le refus de l'hérédité du malheur, des assignations identitaires, et le rejet de la déploration et des plaintes ressassées.

Toute la famille était d'accord au moins sur ce point : ne pas se retourner. Pourquoi se souvenir ? Pas de mémoire, pas d'exigence de transmission, plus de souffrances à l'horizon. Comme aurait pu dire de Gaulle, que grand-père René et maman admiraient tant, sur tous ces malheurs, le silence et l'oubli valent mieux que les pleurs. Aller de l'avant. Être confiants. L'avenir, c'est droit devant. À quoi bon faire revivre une souffrance dont on ne peut rien faire ?

DIRE

À vingt ans passés, j'ai encore du mal à dire le mot « juif ». Il me paraît incongru. C'est un mot énorme. Un mot tabou. Un mot qui ne se dit pas parce que ça ne se fait pas. Un mot qui, je l'avoue, me fait un peu peur, qu'il avait été terrible de porter pendant la guerre, dont mes parents avaient souffert et qui portait la marque d'une condamnation.

Je vois bien que le mot « juif » n'est pas simple à énoncer pour mes parents. Ils l'assimilent aux connotations racistes d'avant-guerre, au temps où l'Action française accusait « le Juif Blum » d'être un agent de l'étranger, et plus encore au *Jude* allemand et à la chasse aux Juifs pendant la guerre. Mon père préfère le mot « israélite », plus neutre et plus proche de l'intégration et de l'assimilation des Juifs à la République. « Juif » n'est pas pour moi le signe d'un retour à une tradition spécifique, à un repli identitaire, à une appartenance communautaire, il me relie surtout à une question qui ne s'attache à rien de très précis, de très concret.

À la maison, c'est tout juste si on peut le dire, à condition de baisser le ton ou de se réfugier dans un coin de l'appartement, loin des murs mitoyens. Impossible d'y faire allusion dans un magasin, au restaurant ou dans la rue. Même les sous-entendus font l'objet d'une réprobation muette. Dire à voix haute un nom juif, y compris d'une personnalité publique ou d'un artiste de renom, déclenche une réaction crispée de mes parents qui se traduit le plus souvent par un : « Moins fort, tu tiens vraiment à ce qu'on se fasse remarquer ? »

Encore aujourd'hui le mot « juif » ne m'est pas tout à fait naturel. Avec les Juifs, c'est facile. Avec les autres, j'ai longtemps pris mes précautions.

Je me souviens du jour où j'ai commencé à contextualiser le mot « juif » : au lendemain de l'attentat de la synagogue de la rue Copernic, en 1980. Un futur ministre délégué auprès du garde des Sceaux de François Mitterrand signa un article dans *Le Monde* en réponse à la déclaration peu glorieuse du Premier ministre d'alors, Raymond Barre : « [...] cet attentat odieux qui voulait frapper des Israélites qui se rendaient à la synagogue et qui a frappé des Français innocents qui traversaient la rue Copernic [7]. » Au lieu de signer de son nom, il signa : avocat [8].

Cet acte de rébellion, d'indignation, de résistance et d'humanité me libéra.

Appartenir à une famille juive est pour moi une étrange sensation. Mes parents, leurs parents et leurs ascendants respectifs ont tous été élevés dans la tradition juive. Tel est le cas, côté paternel, pour les Deutsch, les Dreyfus, les Mayer, les Bloch, les Wolff, les Levy, les Lehmann, les Bernheim et les Weill. Côté maternel, pour les Cahen, les Beer, les Hayem, les Worms, les Aron et, là encore, les Bloch, les Dreyfus et les Levy.

Tous les hommes des deux branches de ma famille, à quelque époque et où qu'ils aient vécu, ont reçu une éducation religieuse. Pas un seul de mes ascendants, de leurs fils et de leurs filles, qui ne se soit pas marié à la synagogue. Mon père dit maintenant qu'il aurait très bien pu ne pas faire sa bar-mitsvah et que, s'il l'a faite, c'est à cause de ses parents. « À l'époque, c'était comme ça ! »

Malgré tout, mes parents se marièrent à la synagogue. Même réponse que pour la bar-mitsvah : « À l'époque, c'était comme ça ! » Il est vrai qu'en ce temps-là il y avait encore Jacob Kaplan, le grand rabbin de France – il bénit leur union – sur les genoux duquel, enfant, à Mulhouse, ma grand-mère maternelle sautillait en riant. Il y avait Fedia, le beau-père de papa. Fedia fut président du consistoire de Marseille. Il y avait surtout l'oncle René. L'oncle René, c'est René Cassin. Il fut parmi les premiers à rejoindre de Gaulle à Londres. Il corédigea au lendemain de la guerre la Déclaration universelle des droits de l'homme. Il présida l'Alliance israélite universelle. En 1968, il fut Prix Nobel de la paix. En Israël, une université porte son nom. Il est maintenant au Panthéon. Ne pas se marier à la synagogue ? Difficile, en effet. Au grand homme, la famille reconnaissante.

Avec une telle ascendance et de telles accointances, on aurait pu penser qu'à défaut de serment d'allégeance au passé ou même d'un attachement distancié à la communauté juive, la proximité familiale avec des personnalités aussi éclairantes et inspirantes suffirait à préserver une judéité au moins occasionnelle, une filiation même ténue, une bienveillante curiosité. La guerre a tout détruit sur son passage. « Dieu est mort dans les camps », disait ma mère. « Être juif n'apporte que des emmerdements », disait mon père. On peut être socialiste, communiste, écologiste, trotskiste, maoïste, intègre ou bien forban, nanti ou misérable, les gens s'en foutent pas mal. Par contre, être juif, on s'en souvient toujours.

Pour mes parents ashkénazes et leurs amis, être juif fut un danger dont il fallait se prémunir, une condition qu'il fallait dépasser. Comment ? En vivant dans la majorité silencieuse. Celle qu'on ne remarquait pas, dont on ne parlait pas, dans laquelle on pouvait se fondre en toute sécurité. À l'ombre d'une existence convenue, paisible, sans dieu et sans surprises. Au milieu des autres et dans la masse, sans pratiques ou signes distinctifs. Sans fêtes ni rituels. Sans bruit et sans éclats. À l'abri. Pendant la guerre, il fallut se taire pour ne pas mourir. Après-guerre, il fallait continuer de se taire pour vivre enfin tranquille.

Du plus loin que remontent mes ancêtres, je suis donc le premier homme de la famille à être un Juif sans éducation juive. À ne pas être circoncis. À n'avoir pas fait ma bar-mitsvah. À ne pas m'être marié à la synagogue. À ne pas avoir épousé une juive et donc le premier à ne pas avoir d'enfants juifs. Je suis un Juif sans judaïsme.

Quand j'ai proposé pour la première fois à mes parents de faire Roch Hachana et Kippour avec mes deux enfants, Anna et Gaspard, ils ont refusé. Il n'était pas question pourtant de prier ou de jeûner, seulement de partager, le temps d'une soirée, un rituel qui exerce la mémoire dans la chaleur d'un bon repas, notre appartenance et notre attachement au monde juif, de s'embrasser à l'heure de la nouvelle année. Je n'en demandais pas plus.

J'ai insisté deux, trois années. Sans succès. « À quoi ça rimerait ? » « Ça t'avancerait à quoi ? » « Ce serait un mauvais service à rendre à tes enfants. » « On n'a pas fait tout ça pour ça. »

Dire qu'ils se targuaient d'avoir l'esprit de famille ! Ça veut dire quoi, avoir l'esprit de famille ? Il fallut toute la ténacité de ma fille Anna pour obtenir bien des années plus tard, maman n'étant plus là, que papa nous réunisse pour lui « faire plaisir », mais juste une seule fois.

La belle et heureuse unité familiale du temps des guerres d'Israël s'était fissurée et je me demandais ce que, dans ces conditions, signifiait « être issu d'une famille juive ». Cela voulait dire l'idée des morts, des survivants dispersés dans le monde et un peu d'étrangeté vis-à-vis de moi-même. Voilà ce que j'ai reçu en héritage. Ma psychanalyste m'a dit un jour :

– Vous êtes comme un grand navire qui a largué les amarres mais dont l'ancre n'a pas été relevée et racle en permanence le fond de la mer. Cette ancre, c'est votre identité que, sans cesse, vous avez à tirer.

Comment à la fois progresser sur une mer d'espérance sans retourner inlassablement sur cette terre de souffrance et avancer dans ce monde avec pour seule boussole mon innocence perdue, le silence des vivants et la mémoire des disparus ?

SILENCES

Il y a d'abord celui que laissent derrière eux ceux qui furent arrachés de force à la société et à la vie. C'est le silence de l'horreur et de l'absence.

Il y a celui, lourd à porter, de ceux qui sont revenus des camps. Ils sont partis si loin qu'ils ne sont pas tout à fait de retour ici, où chacun vaque à ses occupations dans la répétition des tâches, des gestes et des jours. Faute de pouvoir raconter l'indicible, ils ont dû composer après-guerre avec les temps nouveaux où gaullistes et communistes s'accordaient pour glorifier la France combattante des colonies et des maquis, et faire du peuple de France un peuple de résistants. Qui a écouté le récit de leur tragédie au temps de la liberté retrouvée et de la France victorieuse dans laquelle, comme le disait mon père, « on ne songeait qu'à s'amuser » ?

Qui pour partager leur désarroi face au triomphe de la *Bataille du rail*, ce film de René Clément primé au Festival de Cannes, célébrant, dès 1946, à grand renfort de propagande et de publicité, le « courage inouï » des cheminots français et leur action déterminante dans la défaite de l'occupant sans qu'un mot ne fût dit sur ceux qui conduisaient les condamnés dans les convois ?

Combien de déportés ont été médusés par le *Père tranquille*, du même réalisateur, qui raconte la même année l'histoire, tirée d'un fait réel, d'un paisible retraité, Français moyen du nom d'Édouard Martin, qui était, sous son air débonnaire et son amour des plantes, un chef de la Résistance ? Sa voix était douce mais sa volonté farouche, à ce père tranquille que le cinéma a transformé en porte-voix de n'importe quel village de France. Quel Martin n'a pas rêvé, en son for intérieur, d'avoir résisté, tout à l'exemple d'Édouard, sans rien changer comme lui de son apparence bonasse et pantouflarde ?

Pas question non plus de faire grise mine devant *Paris brûle-t-il ?*, succès mondial au casting prestigieux, toujours et encore de René Clément, où l'on voit le peuple de Paris, uni et rassemblé dans une même espérance, combattre l'ennemi cartouche après cartouche alors qu'un mois plus tôt à peine des dizaines de milliers de Parisiens se pressaient à Notre-Dame pour un dernier hommage à Philippe Henriot, le « Goebbels français ». Il eût été malvenu de montrer pendant « l'insurrection » des Parisiens continuant de pêcher et de se baigner dans la Seine un peu plus loin.

Il y a la rage et le désespoir de ceux qui n'ont jamais pardonné à de Gaulle d'avoir honoré de la Légion d'honneur le drapeau de la préfecture de police de Paris au lendemain de la Libération, au prétexte que quelques centaines de policiers l'avaient investie le 19 août 1944 alors que, pendant plus de quatre ans, les Allemands eurent à se louer de l'esprit de coopération « étonnamment bon » des policiers français.

Qu'ont-elles pensé, les femmes tondues des camps de la mort, des tontes publiques de femmes à la Libération, de cette « justice hâtive et imbécile », selon les mots de Marguerite Duras dans *Hiroshima mon amour* ? Honte à cette pratique phalangiste à l'encontre des militantes de la République espagnole, reprise en 1945-1946 par des foules villageoises et urbaines et par des résistants, majoritairement de la dernière heure, contre des femmes le plus souvent pauvres, seules ou veuves. Aucune célérité, par contre, envers tant de responsables de la collaboration qui ne connurent ni l'opprobre, ni la vindicte populaire, ni même la justice des hommes. Le corps des femmes a toujours été un des lieux de la guerre.

Que dire de la déconvenue des titulaires de la carte de « déportés et internés politiques » instaurée par les lois des 6 août et 9 septembre 1948 ? Il s'agit des raflés, des persécutés raciaux, des otages, de toutes les personnes civiles arrêtées par les nazis et le régime de Vichy en raison de leurs opinions politiques. Aucune mention ne fut faite des Juifs qui, pourtant, en constituèrent l'écrasante majorité. On fut embarrassé. On les engloba sous une appellation banalisée. On les effaça. Plus scabreux encore, leur pension fut nettement inférieure à celle des « déportés/internés résistants ». Ceux-là regroupaient les prisonniers de guerre et les combattants volontaires. Un rescapé ne valait donc pas un militaire, un résistant. Qui mena ce combat mémoriel ? Une poignée. L'époque était à la glorification, non à la mortification. Après l'effacement, la discrimination. Merci la

France de la Libération. Merci la France de la Reconstruction.

On sait que les réjouissances ont meilleure presse que les indignations et que les rabat-joie ne sont guère prisés des vainqueurs. Voler l'Histoire, la falsifier, c'est tuer ses victimes une deuxième fois.

Le silence des survivants était celui du souvenir des foules où personne n'existait, de la communion avec les morts, du repli sur soi, du manque d'écoute et de la peur de ne pas être crus. C'est le silence du malheur, des revenants de « l'autre monde » que personne n'interrogeait.

Comment faire pour devenir vivant alors qu'on est survivant ?

Mes parents eux aussi se turent. Ils se murèrent dans le silence pour protéger leurs enfants.

Puisque j'étais tenu dans l'ignorance et privé de mémoire, la tragédie cachée par la loi du silence devint mon identité secrète. Pendant ma jeunesse et longtemps après, j'ai vécu dans un désir de catastrophe pour mieux partager avec les enfants ou les petits-enfants de déportés leur traumatisme et leur tourment.

Pour alimenter un sentiment d'appartenance, j'ai cherché à m'approprier un peu de leur souffrance. Bien que j'en eusse honte, leur douleur agissait sur moi comme un aimant. Je m'en voulais de ne pas être plus durement et directement touché par le poids d'un destin qu'ils avaient, eux, à surmonter. Il m'aura fallu bien du temps pour accepter cette différence.

Je n'en veux plus à mes parents.

J'aurais seulement voulu qu'ils comprennent que je ne pouvais pas construire ma vie sur une ambiguïté et rester plus longtemps couché dans le lit du déni, qu'il était vain de me dire : « Sois juif si tu veux, mais ne le deviens pas. »

Leurs silences, leurs non-dits, leurs oublis, les ont probablement aidés à moins souffrir du passé. Ils m'ont conduit à emprunter une voie sinueuse mais captivante où j'ai dû grandir entre statut de perpétuelle victime promise à un éternel antisémitisme et risque de disparition pour cause d'assimilation. J'ai dû naviguer en permanence entre ces deux écueils comme je l'ai fait entre mes deux noms et trouver en moi-même d'autres raisons à ma judéité.

Leur attitude a nourri ma personnalité. Ils m'ont transmis, sans le savoir, une certaine façon d'être et de vivre, le goût de l'ombre et du doute, une attraction pour l'influence. Ils m'ont légué sans le vouloir la tentation de la mélancolie, du « bonheur d'être triste », une fascination pour la tragédie. « Les Juifs ont tellement l'habitude du malheur que, lorsqu'ils la perdent, ils en sont malheureux », aurait dit Charlie Chaplin.

J'ai développé le sentiment d'appartenir à une culture bien plus qu'à un foyer, une nation, une tribu. Alors que Jean-Paul Sartre considère que le Juif est le produit du regard des autres [9], j'ai plutôt tendance à penser qu'il est l'expression d'un peuple singulier qui le dépasse largement.

LES AUTRES

On m'a souvent demandé si j'étais juif. Longtemps, je n'ai pas su quoi répondre. Un peu comme si j'avais reçu de mes parents un patrimoine sans savoir très bien quoi en faire, mais dont j'aurais progressivement découvert les vertus et la valeur. Au fronton de cet héritage était inscrit ce proverbe yiddish : « Il est peut-être difficile d'être juif mais c'est quand même intéressant de l'être. »

Pour les juifs de tradition ou simplement d'observance, je suis juif mais ne suis pas un très bon juif. Je ne suis pas circoncis. Je n'ai reçu aucune éducation religieuse. Je ne vais jamais à la synagogue, sauf pour des mariages ou par curiosité. Pour ne rien arranger, je mange du porc. Quand, devant eux, je critique Israël pour sa politique d'implantation de nouvelles colonies dans les territoires occupés, la tension monte. Si vite qu'on ne peut plus discuter. Leur soutien inconditionnel à Israël m'exaspère. Le procès en antisémitisme qu'ils intentent à la France et aux Français me paraît injuste et excessif. Rien ne m'agace autant que ces entreprises d'intimidation faites par les dirigeants israéliens auprès des Juifs de France pour les appeler à rejoindre la Terre promise.

Je suis choqué par le discours qu'ils tiennent à l'égard des Arabes, souvent condescendant quand il ne leur est pas hostile, voire davantage. Tous ne réagissent pas ainsi mais bon nombre d'entre eux. Cela suffit pour m'en éloigner. Je refuse de dire qu'Israël a des excuses. C'est une nation, avec ses réussites, ses erreurs, ses inégalités, ses promesses et sa raison d'État.

Un ami, sans doute agacé par mes critiques, me lance :

– Mais, à la fin, es-tu avec nous ou contre nous ?

– Y a-t-il donc un vous et un nous ?

Silence.

– Qui n'est pas avec vous est-il donc contre vous ? Qui n'est pas un ami est-il donc un ennemi ?

Je m'insurge à l'idée de faire ainsi le jeu de ceux qui cherchent à enfermer les Juifs et tous les autres dans leurs particularismes et leurs traditions. C'est faire le lit des racistes et des antisémites, toujours prompts à soutenir que les Juifs sont moins français que les autres et, au cas où la bête immonde viendrait à ressurgir, qu'ils sont des étrangers.

Il me réplique, très énervé :

– Comment fais-tu pour être juif ?

Il a touché un point sensible. Comment être juif sans religion, sans croyance et sans éducation ? Comment dire quelque chose qu'on n'est pas ?

– Rappelle-toi les débats à la Knesset à l'occasion de la création de l'État d'Israël : il a été dit que « quiconque est juif qui se considère juif ». Il y a dans cette phrase une dimension universelle, un souci et un respect des convictions et des contradictions de chacun qui me va bien.

– Cela voudrait dire qu'on peut se sentir juif à certains moments et à d'autres pas ?

– Je ne suis pas juif quand les juifs, et pas seulement les plus religieux, considèrent qu'on ne peut pas être juif sans faire Roch Hachana ou aller à la synagogue pour Kippour. Je ne suis pas juif non plus si, pour être juif, il faut aimer Israël autant que son propre pays. Je n'ai plus du tout envie de l'être si l'on déplore la non-judéité de la mère de mes enfants. Mais je suis juif à nouveau quand mes parents décident de ne plus l'être et de faire disparaître notre judéité. Tu vois, je ne suis ni avec vous, ni contre vous. J'essaie seulement d'être avec moi.

Mon ami feint de ne pas comprendre.

– On est juif ou on n'est pas juif. C'est tout.

J'arrête là. Je suis fatigué. Je sais que se taire, c'est s'isoler. Parler, d'accord, mais pour quoi faire ?

Me revient en mémoire la préface de Sigmund Freud à l'édition hébraïque de 1930 de *Totem et tabou* :

« Aucun des lecteurs de ce livre ne saurait aisément se mettre à la place de l'auteur et éprouver ce qu'il éprouve, lui qui ne comprend pas la langue sacrée, qui est totalement détaché de la langue de ses pères – comme de n'importe quelle autre religion –, qui ne peut partager des idéaux nationalistes et n'a pourtant jamais renié l'appartenance à son peuple, qui ressent sa nature comme juive et ne voudrait pas en changer. Si on lui demandait : “ Mais qu'est-ce qui est encore juif chez toi, alors que tu as renoncé à tout patrimoine ? ” Il répondrait : “ Encore beaucoup de choses, et probablement l’essentiel [10]. ” »

Faut-il nécessairement être quelque chose ou bien de quelque part ?

Si, avec les Juifs, je me sens parfois mal à l’aise et que s’instaure entre nous un dialogue de sourds, je suis pour eux, quand même, un Juif à part entière. À eux je peux dire, seulement à l’occasion, qu’on a changé de nom.

Pour les non-Juifs, c’est clair, je suis complètement juif. Avec eux, je défends Israël quand il est attaqué. Je m’inquiète d’un antisémitisme latent et montant. À la moindre remarque déplacée sur la Seconde Guerre mondiale ou à la première plaisanterie douteuse, je réagis immédiatement et violemment. À l’époque des amitiés adolescentes, je me posais cette question : « M’aurait-il caché, hébergé, dénoncé ? » Il m’arrive encore aujourd’hui de me la poser. J’ai parfois le sentiment de ne pas être totalement à l’abri dans mon pays. La France, c’est sûrement Valmy mais c’est aussi Vichy.

À l’égard des uns comme des autres, et sans que je sache toujours très bien pourquoi, il y a une sorte de réserve, de distance qui s’instaure et s’installe, une forme de déception, un sentiment de solitude et le regret de ne pas me faire comprendre d'eux. J'envie leur assurance. Je jalouse leur apparente quiétude. Je cherche mes marques. Je peine à trouver mes repères. Je me fais du souci de n'être d'aucune école et de ne me sentir d'aucun milieu. Si bien qu'au final, je me sens étranger à moi-même en même temps qu'aux autres. Si je n'avais pas changé de nom, si j'étais resté Deutsch, on aurait pu penser que j'étais né en Allemagne et que, bien que vivant en France, j'étais un étranger. Mais je ne suis pas né en Allemagne. Avec Dutheil, je me sens étranger par rapport à quelque chose de moi-même, différent, non pas tellement des autres mais, comme dit Georges Perec pour lui-même, « différent des miens ».

J'aimerais dissiper ce malaise, cesser d'être fasciné par cette déchirure qui me contraint à interroger en permanence la nature de mon rapport avec les autres. J'en viens parfois à me demander s'il ne s'agit pas d'une convenance, de la construction d'une frontière factice entre Juifs et non-Juifs. Je la sais poreuse et sans fondement. N'est-elle pas le moyen facile d'entretenir un passé qu'on a voulu me dissimuler et dont il m'est, pour cette raison au moins, impossible de me détacher ?

J'ai été tenté, plus jeune, de faire l'étranger, de me prendre pour le Juif errant bringuebalé par l'Histoire dont j'eusse été, à peu de frais, dans le confort d'un pays en paix et d'une Europe réconciliée, le tranquille légataire. Ma judéité n'était alors que snobisme, fantasme et sceau de mon imaginaire.

Je n'ai pas le souvenir d'avoir été d'accord avec quiconque pour la seule raison qu'il était juif, pas plus que je n'ai été en désaccord avec qui que ce soit parce qu'il ne l'était pas. Jamais je n'ai choisi mes amis parce qu'ils étaient juifs et jamais je ne me suis éloigné de l'un d'eux parce qu'il ne l'était pas. Jamais je n'ai été attiré par une femme parce qu'elle était juive et jamais je ne me suis séparé d'elle parce qu'elle ne l'était pas. Jamais je n'ai été attentif, amical ou amoureux par sentiment d'appartenance.

Jamais non plus Israël n'a occupé mon quotidien. À l'exception de la guerre des Six Jours et de celle du Kippour, Israël m'est étranger comme il l'est du paysage familial. Les défis auxquels le pays est confronté, les orientations de sa politique intérieure et le conflit israélo-palestinien ne faisaient pas débat à la maison, provoquant seulement l'émoi en période de tensions.

Chez mes parents, Israël était une terre d'émotion mais pas de discussion.

Il y a cependant un point commun à notre rapport à Israël et à notre judéité. Quand la sécurité d'Israël semblait assurée, la terre des Juifs disparaissait de nos écrans radar. Dès qu'elle était menacée et que le pays devenait vulnérable, Israël revenait plein écran et occupait tout le champ. La tension était palpable et l'angoisse se diffusait.

Et mes parents de dire :

– De toute façon, un jour ou l'autre, ça reviendra.

Je me souviens de la minute de silence et d'hommage à la délégation des athlètes israéliens assassinés par un commando de l'organisation Septembre noir aux Jeux olympiques de Munich en 1972 que mon père brisa par un :

– Ça a toujours été comme ça.

ISRAËL

Mon premier contact avec Israël, c'est un bateau, l'*Exodus*. En juillet 1947, sur les quais du port de Sète, embarquèrent plus de quatre mille passagers juifs dont une majorité de femmes et d'enfants, tous rescapés de la Shoah. Ils ne voulaient pas retourner dans leurs pays d'origine dont ils avaient été exclus et bannis et cherchaient à tout prix à atteindre la Palestine, alors sous mandat britannique. Ils en furent empêchés par les Anglais, qui arraisonnèrent l'*Exodus* et renvoyèrent les passagers dans des camps en Allemagne. Émotion et protestations internationales.

Otto Preminger se saisit du livre de Leon Uris, en fit une vaste fresque hollywoodienne à la vérité historique approximative. Il n'en fallut pas plus pour que, devant leur poste de télévision, les parents n'arrêtent pas de pleurer alors qu'un jeune gars et sa fiancée, armés d'une farouche volonté, le regard tourné vers un avenir enfin ensoleillé, commençaient à creuser rageusement et à grandes pelletées la Terre sainte pour la semer et la planter. La femme avait de grandes mèches blondes et s'appelait Karen. Vers douze ans, j'en tombai amoureux. Aujourd'hui encore, je me souviens de son visage, si volontaire, confiant et lumineux.

J'ai longtemps attendu avant de me rendre en Israël. Contrairement à de nombreuses familles juives, nous n'y sommes jamais allés avec mes parents. Quand, adulte, je leur ai demandé pourquoi, mon père a eu cette réponse plutôt curieuse :

– La question ne s'est pas posée.

Je n'y ai pas été non plus avec ma femme et mes enfants alors que nous avons parcouru ensemble l'Europe, l'Asie, l'Afrique et l'Amérique latine. Ma fille Anna fut la première d'entre nous à faire le voyage. À seize ans, de sa propre initiative, elle partit travailler en kibboutz avec son amie Sarah, membre d'un groupe de jeunes Juifs laïcs. Bien des années plus tard, elle me confiera : « J'ai voulu essayer de comprendre cette histoire silencieuse mais là-bas, je n'ai pas trouvé de réponse. Ce pays ne m'évoque rien de particulier. Je ne m'identifie pas à un État, à une nationalité, à une religion. Je suis de ces gens qui ne savent pas quelle fête fêter, qui ne savent pas nommer ce qu'ils ressentent. Je suis proche de ceux qui se battent pour des causes mais qui rentrent en eux-mêmes quand il s'agit de cette histoire. »

Mes amis juifs ont souvent été étonnés de mon peu d'empressement à visiter Israël et m'ont souvent enjoint de réparer cette lacune.

– Tu dois y aller, tu comprendras alors la fragilité de ce petit bout de terre environné de tant d'hostilité.

Pour eux, il ne s'agit pas de découvrir un pays de culture, d'histoire ou de civilisation. Il s'agit plutôt de marquer à l'État d'Israël un attachement, une fidélité, un soutien inconditionnel, de partager avec le peuple d'Israël l'extraordinaire réussite d'une nation qui a su transformer le désert en terre arable et en faire l'un des centres mondiaux des start-up et des nouvelles technologies.

Si Israël n'est pas pour moi un sujet récurrent de préoccupation, il n'est pas pour autant un pays comme un autre. C'est le pays des Juifs.

J'entretiens avec lui le même rapport que Raymond Aron :

« Si les grandes puissances [...] laissent détruire le petit État d'Israël qui n'est pas le mien, ce crime modeste à l'échelle du monde m'enlèverait jusqu'à la force de vivre [11]. »

Je crains qu'il ne devienne à mes yeux un pays comme un autre. En même temps, je me demande si toucher le sol d'Israël ou marcher dans Jérusalem ne me rendront pas plus juif que je ne le suis. Cette idée me trouble. Impensable de m'y rendre en simple touriste. Il me faudra donc attendre.

Printemps 2010, je reçois un appel de Nicole Guedj, présidente de la Fondation France-Israël, chargée de renforcer les liens économiques et culturels entre les deux pays et d'aider les sociétés française et israélienne à mieux se connaître et se comprendre. Chaque année, elle organise un voyage pour les petits-enfants ou les arrière-petits-enfants de « Justes parmi les nations ». Elle me propose d'en faire partie.

Ce sont des enfants de tous les coins de France, certains en fin d'études, d'autres déjà entrés dans la vie active. Leurs grands-parents ou arrière-grands-parents étaient bouchers, boulangers, instituteurs ou paysans. Ceux-là ont pris des risques. Certains l'ont payé de leur vie.

Grâce à la fondation, ils vont rencontrer en Israël et pour la première fois des hommes, des femmes ou leurs enfants que leurs propres grands-parents ou arrière-grands-parents ont arrachés aux arrestations et aux déportations. Beaucoup n'ont jamais quitté leur village, leur ville ou leur région. Ils ne se connaissent pas mais ils ont tous en commun la fierté de leurs familles, qui furent l'honneur de la France au temps où cette dernière s'est couchée dans le déshonneur.

À cinquante ans passés, je m'envole pour le pays des Juifs. J'ai du mal à trouver le sommeil plusieurs jours avant le départ. J'ose enfin affronter ce que ce voyage provoque à l'intérieur de moi.

Le matin de notre arrivée à Tel-Aviv, chacun des membres de notre groupe se présente et résume brièvement l'histoire qui l'a amené là. Je ne suis pas des leurs, mais un lien paradoxal m'unit à eux. Ils sont les gardiens d'une mémoire familiale positive qu'ils sont appelés à perpétuer sans retenue, une génération après l'autre, tandis que je le suis d'une mémoire silencieuse qui, de génération en génération, est menacée de disparaître.

C'est la rencontre, bouleversante, de ces jeunes garçons et filles de France attendus par les familles juives que leurs aïeux ont cachées. Elles sont un peu comme des parents qui guettent le car de leurs enfants revenant après plusieurs semaines de vacances. Les familles juives sont debout, tendant le cou, impatientes et souriantes. Elles ont attendu si longtemps. Alors, enfin, tous prennent ces jeunes gens dans les bras, touchent leurs mains, leurs cheveux, leurs visages. Les vieux – le regard d'une infinie tendresse et les yeux mouillés de reconnaissance – embrassent ces jeunes gens, encore et encore, et, enlaçant leurs épaules, ils les emmènent chez eux pour leur offrir, à leur tour, l'hospitalité.

C'est la visite à Yad Vashem. D'abord son mausolée à l'intérieur duquel je nomme, comme le veut le rituel, un disparu des camps de la mort et son lieu d'origine avant de déposer une fleur blanche sur le parterre jonché des noms des camps d'extermination.

C'est l'Allée des Justes, joliment arborée, où les identités des grands-parents des jeunes de notre groupe sont gravées sur une stèle. Il y a beaucoup de noms gravés sur celle de la France, bien plus que sur celles des autres pays. Les doigts glissent sur la pierre, cherchant la trace de leur ancêtre et, soudain, s'immobilisent. Les visages se figent. Les mains se joignent dans une prière et, dans le soleil de cette terre d'Israël, dans cette allée de pierres et de poussière, je les entends pleurer. Je repense alors au voile du silence qui sauva tant de vies, à mon père et ma grand-mère cachés dans une ferme à Gaillac. Il aurait suffi qu'un seul habitant de la ville les dénonçât pour qu'ils soient arrêtés. Ici, dans l'Allée des Justes, j'ai compris qu'il valait mieux se souvenir des gens bien que des ignominieux.

Chaque année, à la même époque, dans l'enceinte de Yad Vashem, le soir, se déroule la cérémonie commémorative de la Shoah. Shimon Peres la préside. Le gouvernement israélien est là, au complet, de même que les autorités civiles, religieuses et militaires du pays. S'élèvent alors dans la nuit les chants d'Israël et la prière des morts, les témoignages des rescapés des camps dans la lumière des flambeaux et le terrible défilement des images en noir et blanc d'un peuple qu'on assassine. Durant toute la cérémonie, je pleure comme jamais je n'avais pleuré. Je n'arrive plus à m'arrêter ; le barrage a cédé sous le poids des eaux qu'il avait trop longtemps contenues.

Le lendemain, nous nous rendons à l'extérieur de Jérusalem, sur un bout de terre qu'Israël a légué à la France, en hommage aux déportés. Cette année, une cinquantaine d'entre eux sont venus. Ici, dans cette montagne de rocailles et de maquis, je les entends chanter en chœur, vivants, déchirants d'adversité et de beauté :

Ô terre de détresse
Où nous devons sans cesse
Piocher, piocher
Ô terre d'allégresse
Où nous pourrons sans cesse
Aimer, aimer.

Yad Vashem. Les Justes et leurs enfants. Les déportés. La commémoration de la Shoah. Reste le Mur des lamentations. J'y dépose, entre deux pierres, comme le veut la tradition, un vœu sur un bout de papier. Il est pour mes enfants. Il se réalisera.

J'ai fait mon tour d'histoire et de mémoire ; j'ai versé mes pleurs.

En partant, je ne me suis pas senti plus juif qu'auparavant.

Là où je me suis vraiment senti juif, terriblement et totalement, comme jamais auparavant, c'est à Auschwitz. Mais à Auschwitz-Birkenau, comment ne pas se sentir juif, ne pas l'être complètement, même quand on ne l'est pas ?

AUSCHWITZ

Chaque année, avec Catherine et les enfants, nous faisons, l'été, un grand voyage. Cette année, direction l'Europe centrale. Nous partons pour Prague. J'avais déjà flâné sur le pont Charles et visité le château de Hradčany. Je connaissais le charme des allées qui bordent la Vltava et je m'étais rendu au cimetière juif Josefov. Mais, cette fois, j'y suis en famille, profondément ému et troublé de me retrouver avec mes enfants dans le plus vieux cimetière juif d'Europe et de partager avec eux un tel lieu de mémoire. Là, plus de douze mille pierres tombales s'enchevêtrent dans un joyeux désordre. Les nazis voulaient, dit-on, rassembler des objets témoignant de la race anéantie pour l'édification des Aryens.

De Prague, nous louons une voiture pour traverser la Pologne. Pauvre Pologne, combien de fois dépecée et meurtrie, partagée sans scrupules entre la Russie, l'Autriche-Hongrie et la Prusse d'abord, l'Allemagne nazie et l'Union soviétique ensuite. Pauvre Pologne, qu'on a voulu germaniser ou russifier à grand renfort de coups de triques et de pogroms, où tant d'insurrections furent écrasées dans le viol, le sang et sous les bombes. Honneur à ce peuple dont les révoltes séculaires furent si cruellement réprimées par les empires et par les dictateurs. Gloire aux milliers de combattants juifs polonais du ghetto de Varsovie.

Toute ma jeunesse, j'ai entendu comme en refrain parents et amis vilipender la Pologne et stigmatiser les Polonais. Ce refrain, c'est celui, définitif, de l'antisémitisme polonais et de populations qui, au cours des siècles, auraient toujours été hostiles aux Juifs.

C'est faux.

Depuis la fondation du royaume de Pologne au Xe siècle jusqu'au terme de la République des Deux Nations, à la fin du XVIIIe, qui réunissait alors le royaume de Pologne, le grand-duché de Lituanie, l'actuelle Biélorussie et une partie de l'Ukraine, la Pologne a été l'un des pays les plus tolérants d'Europe à l'égard des

Juifs. C'est lorsque la République des Deux Nations est découpée et partagée entre la Russie impériale, le royaume de Prusse et la monarchie des Habsbourg et qu'elle disparaît de la carte du continent européen, en 1795, que les Juifs, devenus sujets des puissances européennes, sont cantonnés dans des zones d'occupation. Des pogroms y sont alors organisés, essentiellement par les polices d'Alexandre III et de Nicolas II.

C'est bien après l'indépendance de la Pologne, dans les années 1930, que les exactions se multiplient contre les Juifs par des Polonais de souche, sous l'effet de la Grande Dépression, de la montée du nationalisme et de l'antisémitisme en Europe. C'est l'Allemagne nazie et elle seule qui fait de la Pologne une terre éternellement maudite. Les camps de la mort en Pologne ne sont pas les camps polonais de la mort.

Rendons justice à la vérité des faits. Au destin tragique d'un pays détruit par la guerre. À une capitale réduite en champ de ruines par les nazis. À l'assassinat de ses élites aux premiers jours de la guerre par les Einsatzgruppen. Au transfert de centaines de milliers d'enfants polonais [12] répondant aux critères biologiques des Aryens. Au sort d'une armée décimée par Staline, une première fois au printemps 1940, à Katyń, où furent massacrés sur son ordre des milliers [13] d'officiers polonais, une deuxième fois lorsque « le petit père des peuples » arrêta son armée sur la Vistule le temps que l'Armée de l'intérieur polonaise soit anéantie de juillet à septembre 1944 par les troupes nazies. À la déportation de masse, vers l'est, courant 1945, de populations civiles par les Soviétiques. Ces crimes contre l'humanité ne suffisent-ils pas à faire du peuple polonais un peuple de martyrs ?

Faut-il rappeler que dans l'Europe d'après-guerre, il aura fallu, pour que Vilnius devienne lituanienne dans la Lituanie devenue soviétique, qu'elle ait cessé d'être polonaise et juive ?

La présence ancienne des Juifs en Pologne, la tolérance religieuse qui y régna bon gré mal gré jusqu'à la guerre au point d'accueillir dans la seule ville de Varsovie trois cent cinquante mille [14] habitants de confession juive, soit la plus importante communauté juive d'Europe, ne sont-elles pas les signes tangibles, sinon de la bienveillance, au moins de la tolérance des Polonais non juifs à l'égard des Juifs polonais ?

Les Polonais ne furent pas exemplaires, tant s'en faut. Aucune excuse ni circonstance atténuante ne saurait minimiser les pillages qu'ils ont commis sous le couvert de l'occupant. Furent-ils les seuls, à l'heure de la terreur et du malheur, à persécuter les Juifs, prendre leurs maisons, voler leurs biens, leurs meubles et leurs effets ?

Et elle, qu'a-t-elle fait, la France de Vichy ?

Que dire de la plupart des Français qui, sidérés par l'écroulement brutal de la République, apeurés par l'occupant et ses supplétifs, n'opposèrent aux arrestations de masse et à la création des camps d'internement et de concentration qu'effondrement moral et apathie ?

Que dire des centaines [15] de policiers et gendarmes français venus à l'aube du 16 juillet 1942 rafler treize mille cent cinquante-deux hommes, femmes et enfants juifs [16] ?

Pourquoi la France libre ne fit-elle pas de la dénonciation du génocide sa priorité politique [17] ?

Pourquoi les Alliés, et notamment le gouvernement américain, n'ont-ils pas militairement réagi, alors que dès le 11 août 1942 Gerhart Riegner, le représentant du Congrès juif mondial à Genève, informait le vice-consul américain du génocide en cours pour la première fois ? « Reçu rapport alarmant concernant plan discuté et envisagé au quartier général du Führer pour exterminer d'un seul coup tous les Juifs des pays contrôlés par l'Allemagne, soit trois et demi à quatre millions de personnes, après déportation et concentration à l'est, résolvant ainsi une fois pour toutes la question juive stop campagne planifiée pour l'automne méthodes discutées comprennent acide cyanhydrique stop [18] » ?

Quelles furent les vraies raisons de tant de discrétions ?

À quel moment les hommes deviennent-ils des héros ? À quel moment deviennent-ils des salauds ?

Qui donc pendant la guerre fut exemplaire ? La Pologne, exutoire facile de nos mauvaises consciences et de nos coupables oublis ?

Nous arrivons à Cracovie par une belle soirée d'été. Ici, la cathédrale. Là-bas, le château royal et la Vistule. Là, le cimetière juif où les nazis avaient installé une décharge, avant qu'à la faveur de fouilles on y découvre, sous une épaisse couche de terre, plus de sept cents pierres tombales couvertes d'ornements sculptés. Nous y passons la matinée sous un soleil d'une incroyable douceur, dans le dédale des pierres et des allées feuillues. J'aime voir mes enfants déambuler dans le fatras des tombes et dans cette verdure où les fleurs poétisent. J'aime les voir toucher et lire les inscriptions. J'aime qu'ils soient là, avec moi et près de moi, de Prague à Cracovie, dans ces espaces d'histoire ashkénaze où, ensemble et sans le savoir, nous renouons avec nous-mêmes dans la force de leur jeunesse et la beauté du jour.

Le lendemain matin, nous quittons le Copernicus, ce magnifique hôtel avec ses vieux bains voûtés, et prenons la route pour Auschwitz. Au départ, l'humeur est joyeuse. Peu à peu, la parole se fait plus rare, à mesure que nous traversons bourgades et bois de bouleaux et que nous avançons dans ce paysage où aucune âme ne semble vivre et où, jusqu'à notre arrivée, nous ne croisons plus un seul visage.

Et puis nous ne disons plus rien. Nous ne trouvons plus rien à dire et à nous dire, conscients de vivre ensemble un moment singulier. Dans cette voiture qui nous emmène vers ce qui fut l'enfer, nous ne formons plus qu'un. Nous avons franchi une voie de chemin de fer. Le silence s'est fait plus lourd.

Catherine et moi avons fait de notre mieux pour préparer les enfants à la visite de ce lieu dont ils connaissaient l'existence et l'histoire. Soudain, je suis pris d'un doute. Ai-je bien fait de venir ici avec eux ? À treize et onze ans, ne sont-ils pas trop jeunes pour pénétrer dans le plus grand cimetière du monde ? N'ai-je pas cherché à leur imposer une histoire qui n'est pas la leur et peut-être pas la mienne ? J'ai voulu que nous en partagions la mémoire avec l'espoir que le courage d'être là se mêle à la confiance dans l'avenir.

Je m'attends à voir du monde. Personne. Le parking est désert. Au milieu du parking, un McDo. C'est le premier choc. Comment les dirigeants de cette entreprise ont-ils pu accepter d'exploiter là un tel commerce et, surtout, comment les autorités locales ont-elles pu autoriser une telle implantation, là même où on s'entre-tuait pour un quignon de pain ? « Je n'envie pas, cependant, ceux qui n'ont pas connu la faim, parce qu'ils ne connaîtront jamais la joie d'une miette de pain », dit Magda Hollander-Lafon dans *Quatre petits bouts de pain*[19].

Nous nous dirigeons vers la grille d'entrée du camp avec, à son fronton, le trop fameux

« *Arbeit macht frei* » en fer forgé. Un couple d'Italiens me demande de les prendre en photo devant l'inscription. Je refuse. Ils n'insistent pas et s'excusent. Pendant toute la visite, je ne pense à rien d'autre qu'à mes enfants. Je ne les quitte pas des yeux. Je les embrasse tout le temps. Devant la vitrine de montagnes de cheveux, baisers. Devant l'amoncellement des valises abandonnées, baisers. Dans le bâtiment où sont accrochées les photos des centaines d'enfants assassinés, baisers. Anna remarque que beaucoup de filles portent le même prénom qu'elle. Je suis désemparé. Le soleil s'est caché. Il fait doux. J'ai froid. Heureusement pour les enfants, il y a le McDo.

Après le déjeuner, direction le camp de Birkenau, à deux kilomètres. Le bâtiment central qui marque l'arrivée du camp, pour l'avoir vu de nombreuses fois dans des livres ou des documentaires, je le connaissais. Mais maintenant il est là, devant moi, avec son arc de pierres sous lequel arrivaient les convois. Passé le porche, nous pénétrons dans cet immense terrain qui s'étend si loin que nous distinguons à peine les quelques personnes qui, à l'autre bout du camp, déambulent dans les allées.

C'est le long défilé des baraquements, des rangées de barbelés et des miradors jusqu'à l'espace, sinistre, des fours crématoires partiellement détruits. Catherine et moi tenons les enfants par la main. Je voudrais leur expliquer la différence entre un camp de concentration et un camp d'extermination mais, devant ces éboulis noircis, je sens que les pierres parlent suffisamment d'elles-mêmes et qu'ils en savent déjà bien assez pour ne pas en rajouter.

Je suis resté là silencieux avant d'aller me recueillir devant la stèle à la mémoire des disparus. Pour la première fois de ma vie, je me suis agenouillé et j'ai prié. J'ai repensé à ce passage de *Shoah*, peut-être le plus terrible de tous, quand Claude Lanzmann demande à l'un des anciens barbiers de Treblinka, rescapé et devenu depuis lors coiffeur près de Tel-Aviv, de raconter devant la caméra comment ça se passait, minute par minute, sur le seuil de la chambre à gaz, quand il rasait les condamnés avant qu'ils soient brûlés. Il parle et parle encore tout en coupant presque mécaniquement les cheveux de son client jusqu'au moment où il ne parle plus, où il n'y arrive plus. Il murmure dans un sanglot qu'il ne peut plus continuer. On entend alors la voix douce de Lanzmann : « Tu m'avais promis. » Après un long silence, le barbier reprend son terrible récit.

Catherine a emmené les enfants plus loin. Je suis seul. Quelle délicatesse de m'avoir ménagé ce petit bout de temps pour me laisser pleurer avant que, les uns contre les autres, nous remontions le quai sur lequel les condamnés étaient sélectionnés et que Gaspard ramasse un morceau de bois entre les rails qui portaient les convois.

Cet espace, où cohabitent depuis plus de soixante-dix ans un lieu de mise à mort et, tout autour, des lieux de vie, fait partie du patrimoine tragique de l'humanité. Viennent s'y recueillir et se souvenir bien au-delà du monde juif, avec émotion, détresse et larmes, des personnes de tous âges, de toutes origines, de toutes conditions et de toutes confessions. Là, Juifs et non-Juifs, on est tous égaux devant l'horreur et le malheur.

Aller à Auschwitz fut pour moi la volonté non pas d'affirmer une judéité compromise par le silence de mes parents et leur souci de l'oubli mais de rendre ce silence assourdissant. Ce voyage fut la réponse à ce besoin de partager avec mes enfants un moment indestructible d'unité familiale autour d'un sentiment d'appartenance auquel je cherche toujours à donner un sens.

Ce voyage sur cette terre de décombres et de morts sans sépultures, je l'ai voulu autant comme fils de famille juive que comme père d'enfants de couple mixte. Il fut le point de jonction, le trait d'union ultime entre une filiation ténue et une volonté de transmission. Son objet n'était pas d'imprimer une marque indélébile dans l'esprit de mes enfants mais de partager avec eux l'histoire à laquelle ma famille avait été confrontée.

« N'oubliez pas que cela fut. Non, ne l'oubliez pas. Gravez ces mots dans votre cœur. Pensez-y chez vous, dans la rue. En vous couchant, en vous levant. Répétez-le à vos enfants [20]. »

En me rendant avec Catherine et les enfants dans ce qui fut l'enfer, je veux croire, malgré tout, que la vie et le destin de plusieurs générations ici englouties ont encore un sens. Je veux espérer qu'une famille comme la nôtre saura sauver de l'oubli ceux qui gisent sous la terre et perpétuer leur mémoire.

Ce voyage n'avait pas pour but de se substituer aux rites et pratiques d'une éducation religieuse, à la lumière des chandelles qu'on allume en famille les soirs du shabbat. Fidèle à Primo Levi, je me suis efforcé de donner à mes enfants la conscience qu'il n'existe entre bonheur et malheur pas plus que l'épaisseur d'un papier à cigarette et que toujours la vigilance s'impose, même au milieu de la beauté des choses : c'est aussi cela l'éducation.

Anna est retournée au cimetière de Cracovie, avec un compagnon qui n'est pas juif. Elle m'écrit qu'elle garde mille souvenirs du temps où, en famille, nous avons déambulé dans les allées entre les pierres tombales devant lesquelles les descendants assassinés ne pourront plus jamais se recueillir. C'est d'elle-même qu'elle est revenue se mettre dans nos pas d'hier. À Auschwitz-Birkenau, elle a de nouveau longé les blocks, s'est arrêtée devant les fours, a remonté la voie de chemin de fer où les wagons à bestiaux déversaient les condamnés à mort dont les corps s'envolaient par les cheminées.

Je sais maintenant que mes enfants transmettront un jour à leurs propres enfants l'histoire d'un peuple qu'on a voulu détruire. Comme le souhaitait Primo Levi dans son serment.

SAVOIR ET CULTURE

Du jour où j'ai compris que ma judéité n'allait pas de soi, j'ai cherché à la nourrir pour la faire exister. Comment devenir juif et le rester ? Je me suis accroché à une idée assez simple et plutôt enfantine : puisque le peuple juif est celui du Livre, si je voulais être un Juif, alors je devais me mettre à lire.

Je n'ai pas le souvenir de mon père en train de lire sauf, chaque jour, le journal. « Quand j'étais adolescent, je lisais beaucoup. J'ai même écrit quelques poèmes. Il n'y avait pas la télévision. » Fils unique, il n'avait ni frère ni sœur avec qui jouer. Quant à Maman, elle ne lisait pas beaucoup mais tricotait et brodait des tapis.

Moi non plus, je ne lisais pas beaucoup, mis à part quelques ouvrages de la Bibliothèque verte et de la collection « La Légende des siècles » avec sa reliure cartonnée blanche et son liseré de fil doré.

Il y avait aussi et surtout les bandes dessinées : *Les Pieds nickelés*, *Spirou* et le *Marsupilami*, *Les Aventures de Jo, Zette et Jocko*, *Bob Morane* et les inévitables *Lucky Luke*, *Tintin* et *Astérix*.

Il n'y avait pas de véritable bibliothèque à la maison. Quatre ou cinq rayonnages tout au plus où s'alignaient des livres de la Série noire, quelques romans de gare, des bouquins sur le scoutisme, quelques autres sur la Résistance, mais aucun des grands auteurs de l'époque, très peu de livres d'art, pas de biographies, rien sur la poésie, encore moins d'ouvrages de psychologie ou de sociologie, pas du tout de littérature étrangère, deux ou trois romans d'un dénommé Paul Guth parce qu'il habitait le même immeuble que nous, peut-être *Le Rouge et le Noir* et *Le Père Goriot*, pas davantage.

Puis je me suis mis à lire. Ce ne fut pas sous l'influence de quelque bon apôtre soucieux de m'instruire de la science rabbinique ou d'ouvrages consacrés par les siècles qu'on m'aurait offerts sur l'architecture des synagogues ou le travail des châles brodés. Ce ne fut pas davantage sur des conseils de lecture des œuvres d'auteurs juifs, Perec ou Gary, Kafka ou Singer, Stefan Zweig, Saul Bellow, Jacques Sternberg ou André Maurois (de son nom d'origine Émile Salomon Wilhelm Herzog). Ce ne fut pas non plus grâce aux livres de la collection de La Pléiade dont on m'offrait un exemplaire pour mes anniversaires. J'en tournais rarement les pages, leur préférant celles, moins délicates, des livres de poche, sur lesquelles je pouvais souligner des passages.

Si je prends goût à la lecture, ce n'est pas dû à une littérature juive dont on m'aurait vanté la richesse et la portée : c'est grâce à M. Lebon, mon professeur de français de classe de première.

C'était un homme plutôt grand, bien en chair, qui portait tout le temps une blouse blanche, comme un laborantin. Sa blouse était toujours ouverte sur une chemise trop étroite où il manquait parfois un bouton, si bien que son gros ventre était à peine caché par des cravates décolorées et tachées d'auréoles de bière. Il remettait en permanence d'un mouvement de la main la mèche rebelle de ses cheveux poivre et sel. Il ne cessait de nous engueuler, nous traitant d'ignares et de petits merdeux.

C'est lui qui m'a fait aimer les dictionnaires et le vocabulaire, l'odeur du papier, une feuille qu'on froisse, le bruit d'une page qu'on tourne. Il m'a donné le goût de lire. C'est avec lui que j'ai compris que choisir ses mots est une affaire sérieuse.

C'est grâce à lui si je m'étonne de la richesse et de la puissance des mots, de leur justesse, de leur simplicité, de leur pouvoir d'évocation et d'imagination déconcertant et sans frontières, de leur secours pour exprimer une pensée qui, sans eux, serait gelée. Je suis séduit par leur fulgurance, leurs nervures, leurs accents, au point parfois d'arrêter ma lecture pour en goûter l'intensité et la beauté. Je pose alors mon livre, troublé par leur violence ou leur douceur, leur poésie, leur à-propos. Puis je reviens à la page ou à la phrase qui m'a plongé dans une rêverie et une humeur d'une douce fantaisie.

Sous l'empire de ce merveilleux professeur, je me mis donc à lire avec bonheur des pages par milliers, comme lancé dans un voyage initiatique qui, peu à peu, m'ouvrit les yeux et les portes sur la complexité des choses et les contradictions des hommes. Les filles mises à part, c'est avec les livres que je suis sorti de mon adolescence.

Jean Barois, le roman de Roger Martin du Gard, écrit à la veille de la Grande Guerre, emblématique d'un siècle finissant et d'un monde qui va changer de base, fut déterminant. Jean va progressivement se détacher des chaînes de son éducation et épouser la cause de la libre pensée avant de s'engager, à travers la revue qu'il crée avec quelques amis, dans le combat pour l'innocence du capitaine Dreyfus.

Dans la foulée, et encore de Martin du Gard, je dévorai *Les Thibault*, une vaste fresque de l'entre-deux-guerres qui raconte l'histoire d'une famille bourgeoise française et de deux de ses fils, Antoine et Jacques, que tout sépare. L'un, médecin, tiraillé entre raison et passion, se détourne de la vie de famille et s'oppose progressivement à l'ordre ancien incarné par l'autorité du père. L'autre, militant socialiste, cherche à travers ses idéaux et son engagement l'espoir d'une vie meilleure.

Puis c'est la découverte du roman de science-fiction *Fahrenheit 451* de Ray Bradbury. Le pompier Montag et sa brigade ont pour mission de brûler les livres et circonscrire les foyers subversifs qu'ils constituent. Un jour, Montag se met à lire, refuse le bonheur obligatoire et calibré par les sports et les divertissements. Il se met à rêver avec Clarisse d'un monde perdu où l'imaginaire ne serait pas banni. Tous deux s'enfuient dans une forêt, au pays des hommes-livres. Là, on peut continuer de réfléchir, de questionner sans être inquiété, d'aller et venir, d'aimer en liberté. On y apprend par cœur les grands auteurs pour être sûrs que continuent de vivre littérature et poésie.

Je me souviens de chacune de mes rencontres avec ces livres. Seul à la maison, je m'ennuyais sérieusement. Ce n'était pas un ennui momentané mais quelque chose de profond, l'impression que rien ne me touchait, ne m'enthousiasmait. Martin du Gard et Bradbury mettaient des mots sur ce que je sentais confusément. Dernièrement, j'ai voulu relire quelques phrases qui semblaient avoir marqué ma mémoire. Je ne les ai pas retrouvées. D'autres ont surgi d'une manière inédite. Il y a quelque chose de rassurant avec les livres, au-delà de ce qu'ils donnent à apprendre, comprendre et entendre : ils ont beau être interdits et brûlés, leurs éditeurs poursuivis et leurs lecteurs pourchassés, ils survivent aux tyrans depuis la nuit des temps.

Antoine et Jacques, Montag et Clarisse m'ont, plus que tout autre, structuré, et les romans dont ils sont issus sont, sinon mes livres de chevet, du moins mes livres de référence.

Est-ce les livres qui changent nos vies ou bien nos vies qui changent les livres ?

À ce professeur, ma profonde reconnaissance. Il est, en dehors de ma famille, ma première véritable influence.

Il en est un autre qui m'a donné l'envie de lire ou, pour être plus exact, l'envie des livres. C'est mon arrière-grand-père maternel. Il s'appelait Léon Bloch. À la fin du XIXe siècle, il était ingénieur chimiste à Vienne avant qu'il retrouve son Alsace natale, à Mulhouse, et qu'il s'y établisse avec sa femme et ses enfants. Il avait un appartement tout en rayonnages et, paraît-il, la plus belle bibliothèque de la ville, constituée de plus de cinq mille livres rares et magnifiquement reliés. Les Allemands les lui ont tous volés. Cinq mille livres disparus et passés à l'ennemi. Je me suis juré d'en avoir cinq mille moi aussi. Une forme de clin d'œil au passé. Un défi à l'histoire. L'envie de reconstituer un savoir. Une manière de ne pas oublier.

Comme je ne suis juif que par ascendance, il me faut le devenir autrement, par moi-même. Pas seulement à cause de mon grand-père, de ses ouvrages disparus et de tout le reste. Je sais l'importance de l'écrit dans le judaïsme et que l'étude de la Torah fait partie du patrimoine génétique de la culture juive. Je ne cherche pas à me rapprocher du judaïsme comme mode de vie ou pratique religieuse, mais à comprendre la judéité, qui, elle, transcende le fait religieux, national ou ethnique. Il est évidemment absurde de penser qu'on peut devenir juif en lisant mais, dépourvu de Torah et privé de bar-mitsvah, je crois que les livres ont joué un rôle de substitut. Lire fut, du moins au début, autant un devoir qu'un plaisir.

Je lis avec passion des livres de littérature française et étrangère mais aussi d'histoire, et d'une actualité encore assez présente, celle de la Seconde Guerre mondiale. J'y débusque ce qu'on ne m'a pas ou si peu raconté, ce dont on ne veut plus parler, curieux et impatient que je suis d'avoir davantage idée de ce que furent la vie de mes grands-parents à leur maturité et celle de mes parents dans leur jeunesse.

À mon tour, je cherche dans le texte les sources de leur peur et les raisons de leurs secrets. Je lis la montée du racisme et de l'antisémitisme, l'ambiance délétère de l'époque, la lâcheté et l'aveuglement des démocraties, la défaite et l'exode, la collaboration et la Résistance, les camps et leur libération, la victoire et l'Histoire, des livres à n'en plus finir, à n'en plus pouvoir lire l'horreur, le désespoir, la cruauté et le courage.

Je lis les témoignages de ceux qui ont survécu, de ceux qui en sont revenus, le récit des rafles et des arrestations, de la sélection, des marches forcées et des corps épuisés. Je lis les trahisons, la délation et, dans ces temps maudits, un peu d'humanité. Je vois la guerre en images, sa folie, son enfer. Je comprends mieux cette génération de la défaite et de l'Occupation, son embarras, sa discrétion. Les uns parce qu'ils n'ont rien fait, les autres parce qu'ils en ont trop fait. D'autres encore parce qu'ils ont tellement souffert et tant perdu qu'ils ne veulent plus vivre avec cette mémoire.

Enfant et adolescent, plus j'avançais dans mes lectures, plus je sollicitais mes parents pour en savoir davantage. Sans succès. À la maison, cette histoire pouvait surgir à tout moment mais c'est avec les livres qu'elle m'est devenue familière. Plus tard, je m'en suis voulu de ne pas avoir davantage poussé mes parents à raconter. J'aurais laissé moins de place à l'imagination. En même temps, la souffrance et les terribles épreuves imprimées dans les livres me rapprochaient d'eux. C'est en silence que leur douleur s'entretenait, m'atteignant en permanence. C'est ainsi que je pouvais la partager avec eux.

Le monde protégé de mon enfance et de mon adolescence se limitait aux mêmes lieux et au même milieu. Je ne vivais pas, loin de là, dans une prison dorée mais dans le moule d'un bonheur conforme et monotone. Grâce aux livres, mon monde changea peu à peu. Je pris mes distances avec mon entourage familial et amical au fur et à mesure que les romans et les livres d'histoire me firent découvrir de nouveaux champs de réflexion, de nouveaux horizons. J'abordai un autre continent, fait d'esprit critique et d'évidences contestées.

Les livres, ça agrandit l'esprit.

Si, lycéen, je m'évadais de chez moi, avec l'Histoire j'y revenais. C'était celle des rois de

France, de nos révolutions, de nos restaurations mais aussi celle des deux guerres mondiales, d'abord celle d'Armand, tué par les gaz, puis celle de mes parents et grands-parents qui échappèrent aux gaz… « Les juifs sont à l'Histoire ce que les Eskimos sont à la neige [21]. »

HÉRITAGES

À travers les livres, les essais et les biographies, les documentaires et les images, la vie de mes parents et grands-parents prenait forme. Pas seulement leur propre histoire qui avait rendu leur parole si rare et dont ils voulurent me dispenser jusqu'à vouloir la confisquer, mais l'Histoire tout court avec sa grande hache. Mes grands-parents n'étaient plus là et je savais que mes parents n'en diraient pas davantage à mes enfants. Peut-être quelques bribes ici ou là, tout juste suffisantes pour éveiller leur intérêt mais trop parcimonieuses pour satisfaire leur curiosité.

J'ai cherché à transmettre à mes enfants tout ce que j'avais à ma disposition. D'abord les quelques éléments d'information arrachés à ma famille à force d'insistance et, par les livres et les films, ce qui s'était produit aux temps maudits. J'ai voulu les éclairer sur le rôle des œuvres sans lesquelles des héros seraient morts sans qu'on sache jamais qui ils avaient été. La création artistique continue de faire vivre ceux qui, sans elle, seraient tombés dans l'oubli. Je repense à « l'Affiche rouge », conçue par la propagande nazie et placardée massivement sur les murs de France pendant l'Occupation. Elle a permis d'immortaliser les visages et les noms de dix des vingt-trois membres des FTP-MOI (Francs-tireurs et partisans – Main-d'œuvre immigrée), résistants de la région parisienne, exécutés le 21 février 1944 au mont Valérien, à l'exception d'Olga Bancic, déportée en Allemagne et décapitée. Venus d'Europe centrale, Juifs, communistes, morts pour la France, que Louis Aragon dans *Strophes pour se souvenir*[22] et Léo Ferré dans sa chanson *L'Affiche rouge* ont célébrés :

Ils étaient vingt et trois quand les fusils fleurirent
Vingt et trois qui donnaient leur cœur avant le temps
Vingt et trois étrangers et nos frères pourtant

Vingt et trois amoureux de vivre à en mourir
Vingt et trois qui criaient la France en s'abattant

J'ai essayé de parler à mes enfants avec calme et douceur comme j'aurais aimé que mes parents le fissent eux-mêmes avec moi, sans peur de ce siècle tragique qui fut pour mon père et ma mère davantage que pour d'autres un siècle de malheur. C'était pratiquement, m'a dit un jour mon fils, chaque dimanche de son enfance.

Plutôt que d'admirer John Wayne et Charlton Heston en grands maîtres de la justice des hommes et de la défense des valeurs de l'Amérique profonde jusqu'à reconnaître aux Indiens le droit de mourir dignement au combat, fût-il inégal, nous regardions *Les Canons de Navarone*, *Les Héros de Télémark* et *La Grande Évasion*, plus tard, *Le Vieux Fusil*, *L'Armée des ombres* et *Au revoir les enfants*, plus tard encore, *De Nuremberg à Nuremberg*, *Nuit et brouillard* et puis *Shoah*.

Pour mon fils Gaspard, cet empressement que j'avais à vouloir l'instruire et, je l'avoue, peut-être même à l'inscrire dans ce destin, était pesant. Il ne voulait pas être juif mais simplement athée et rien d'autre, comme sa mère. Il refusait d'être assigné à une appartenance. Ainsi que bien d'autres, il ne supporte ni le racisme ni l'antisémitisme. Il va avec sa sœur aux manifs contre l'extrême droite. Ils m'ont fait voter Jacques Chirac au second tour de l'élection présidentielle de 2002 alors que je voulais m'abstenir. Mes enfants disent aujourd'hui qu'ils ont deux mamans : l'une, leur mère, et l'autre, moi, leur mère juive. Ils le disent en riant et avec beaucoup de tendresse. Ça me fait drôle. Non, ça me fait plaisir. Si j'avais dit à ma propre mère qu'elle était une mère juive – elle l'a été –, je me demande comment elle aurait réagi. J'aurais dû le lui dire mais quelque chose m'en a empêché.

Les enfants rappellent à mon père qu'il est juif et se font un malin plaisir de lui poser devant moi plein de questions sur son éducation religieuse. Un jour, ils lui demandent s'il connaît des mots en yiddish et de leur réciter la prière qu'on faisait chez lui, dans son enfance et son adolescence, avant de passer à table. Alors, contre toute attente, papa se met à parler en yiddish et, la mémoire soudain vive et d'un seul trait, la récite aux enfants stupéfaits. Je le suis moi-même mais je reste silencieux, trop heureux d'entendre pour la première fois de ma vie, grâce à la complicité de mes enfants, mon père redevenir un Juif à part entière, au moins le temps d'une prière. Papa semble même si content de s'en souvenir que, parfois, sans que l'on ait à lui dire quoi que ce soit, il s'amuse à réciter cette prière comme s'il avait joué un bon tour dont il avait jusqu'à présent gardé le secret.

Une autre fois, Gaspard, pour lui souhaiter la bonne année, lui envoie un *Shana Tova* par SMS. Retour exaspéré de papa qui l'engueule et l'avise que « chez nous, on ne dit pas *Shana Tova* mais *Gut Yontef*, *Shana Tova* c'est bon pour les sépharades, pas pour les ashkénazes ». Gaspard m'appelle immédiatement.

– *Gut Yontef ?*... Chez nous ?

Je n'en crois pas mes oreilles. Jamais je n'avais entendu « *Gut Yontef* » dans la bouche de mon père. Gaspard est heureux d'être parvenu à ce qu'il lui transmette ce que moi-même je n'avais pas réussi à connaître. Cette situation me surprend d'autant plus que, quelque temps auparavant, nous déjeunions, mon père, Anna et moi dans un restaurant des Halles et que sa réaction avait été bien différente.

Anna, tout exprès devant moi – les enfants s'étaient donné le mot –, titille mon père. Il ne semble pas d'humeur ce jour-là. Il fait celui qui n'entend pas. Anna ne se décourage pas. Elle parle plus fort et lui pose des questions précises qui l'exaspèrent.

– Mais qu'est-ce que tu vas chercher là ? Qu'est-ce que ça peut bien faire tout ça ?... Que comptes-tu faire l'année prochaine ?

Anna répond rapidement. Je ne dis rien. J'attends. Je connais par cœur. On pose une question. Pas de réponse. On change de sujet.

Terminé.

Anna n'en démord pas. Je vois bien qu'elle fait ça autant pour elle que pour moi. La tension est palpable. Papa est capable de se lever de table, de dire qu'il en a marre de ces conneries, que tout ça c'est de ma faute, que j'éduque mal mes enfants, que je leur mets « des sornettes dans la tête », qu'ils risquent de le « payer plus tard », qu'il n'a pas fait tout ça pour ça :

– Pour une fois qu'on déjeune ensemble, c'est vraiment désagréable. J'aimerais bien finir le repas au calme et tranquille.

Anna s'énerve à son tour :

– Ça ne sert à rien de faire comme si tu n'étais rien. Tu as fait ta bar-mitsvah, un rabbin vous a mariés. Tu es juif et, que ça te plaise ou non, on a le droit de l'être aussi !

Mon père est devenu blême et a lâché, mâchoires serrées et la voix blanche :

– Moi, juif ? Prouve-le !

Faudrait-il donc, soixante ans après, en plein Paris, qu'il baisse encore son pantalon ?

Il m'est alors revenu, si fort et si violent, un passage de ses mémoires, qu'il venait tout juste de terminer d'écrire, et que déjà j'avais relu dix fois :

« Miraculeusement, j'ai échappé à la déportation. J'écris pour qu'on n'oublie ni la réalité des massacres qui ont été commis ni les membres de notre famille que nous avons perdus. Seuls sont encore entendus les morts du mausolée de Yad Vashem dans la minuscule terre d'Israël. Qui va composer leur chant ? Aurait-il mieux valu les rejoindre ?

Et d'ajouter, à l'intention de son entourage et de sa descendance :

« Comprendront-ils mieux pourquoi j'ai décidé de changer de nom ? »

Alors que je déjeune avec mes enfants, Anna me dit qu'elle aimerait bien qu'à notre tour on change de nom et qu'on reprenne celui de nos origines. Je n'en suis pas surpris. Je sais que cette question la travaille. En revanche et à mon grand étonnement, Gaspard est d'accord. Pendant des années, il n'a pas voulu entendre parler judéité et a réfuté tout sentiment d'appartenance.

Je l'avais abreuvé jusqu'à l'excéder d'allusions permanentes à notre histoire familiale dont je craignais qu'elle ne se perde dans les bas-fonds d'une assimilation totale. Voilà qu'il semble adhérer maintenant à la cause qui m'avait tant occupée et ne cessait de me poursuivre. Je n'ai pas su discerner dans la sourde opposition qu'il exprimait à mon entreprise de transmission ni l'attention qu'il n'a probablement jamais cessé d'y porter, ni la réflexion qu'il conduisait par lui-même dans la plus grande discrétion.

Je voudrais m'enthousiasmer de leur proposition que j'avais tant de fois et en vain formulée auprès de mes parents. Je voudrais prendre leurs mains et les serrer pour sceller l'union de nos origines mêlées. Je voudrais les remercier de cet immense cadeau d'amour, les embrasser et me réjouir. Au lieu de quoi je reste silencieux et désemparé.

Mille choses défilent et se bousculent dans ma tête. Les discussions houleuses avec mon père sur la reprise de notre nom. Son refus catégorique d'en discuter. Ses crispations autour de ce que j'ai longtemps considéré de sa part comme une démission. La question lancinante de savoir si j'aurai ou non le courage d'engager un jour des démarches pour mon propre compte. Celle, obsédante, de savoir si j'en ai vraiment envie, si j'y suis vraiment prêt, si je parviendrai à conjurer les menaces sourdes d'un passé toujours revisité. La quête sans fin de mon identité fondée sur les non-dits et les souffrances de mes parents. Le fait d'y être toujours confronté. Le fait aussi d'avoir maintenant à la définir non plus seulement en fonction de l'histoire de mes parents mais de l'avenir de mes enfants.

Je n'arrive pas à leur parler. Les mots sont bloqués dans le passé. Je sens monter en moi quelque chose de familier et d'étranger, comme un poison qui s'écoulerait et me paralyserait lentement. Un sentiment m'envahit que j'avais lu dans les yeux de mes parents et entendu dans le timbre de leur voix : c'est l'inquiétude et l'alarme, la conscience d'une menace, la peur, poisseuse et pénétrante, d'un nouveau drame et de nouvelles souffrances. La peur non pas pour moi-même qui, depuis ma naissance, ai eu la chance de vivre dans un pays ouvert et dans un continent uni, mais celle que tout recommence à l'identique et qu'une fois encore la tragédie s'abatte et se répande, quand les hommes ordinaires se transforment en bourreaux. Cette peur fut celle de mes parents. Je l'ai discutée. Je l'ai contestée. Je l'ai refusée. Je l'ai récusée. Et voilà qu'elle jaillit comme le feu sous la cendre et se réveille en moi.

Je raisonne à mon tour comme le firent mes parents : coûte que coûte protéger mes enfants. Tout faire pour empêcher qu'un jour ils ne puissent souffrir eux-mêmes, et leur descendance. Encore une fois, je suis mis à l'épreuve. Que choisir ? Dire « oui, reprenons notre nom » ? Dire « non, patientons » ?

– Attendons de voir comment évolue le climat. Un jour peut-être, mais pas du vivant de papa, je ne peux pas lui faire ça.

Ont-ils voulu éprouver la force de ma résolution ? Ont-ils été déçus ou soulagés de mon indécision ? Ont-ils été rassurés de voir la perspective s'éloigner ? Je les vois échanger un regard et se sourire sans que je puisse deviner si mes hésitations ne sont pour eux qu'une confirmation ou si mes précautions répondent à leurs aspirations. Le malaise se dissipe. La peur se retire peu à peu. Les enfants partis, je me suis demandé s'ils me reprocheraient un jour de n'avoir pas décidé avec eux ce jour-là d'aller au bout de ma logique et de franchir le pas.

J'ai pensé à mon père. Je l'ai si souvent critiqué, si souvent rudoyé. Je lui en ai tant voulu, lui qui ne pensait qu'à bien faire et nous mettre à l'abri. Hier mes parents comme aujourd'hui le père que je suis, nous ne pouvons donner à nos enfants que deux choses : des racines et des ailes.

J'ai pensé à ma mère. Je me souviens de sa chaleur. Je me souviens de sa douceur. C'était dans le grand fauteuil en velours vert du salon. J'avais peut-être quatre ou cinq ans. Je venais sur ses genoux me blottir dans ses bras. Et moi, là, j'étais bien.

Maman aimait le tricolore, le bleu, le blanc et le rouge.

Le bleu parce que c'est la couleur de l'été, que l'été c'était sa saison préférée et qu'à la belle saison, elle pouvait mettre des fleurs sur son balcon.

Le blanc parce que c'est la couleur du muguet, qu'elle adorait le muguet, que le muguet c'est au mois de mai et que le mois de mai c'est déjà presque l'été.

Et puis le rouge. Le rouge parce qu'il y avait de la passion chez maman. Je la revois encore un soir de spectacle au Palais des Congrès à Paris. C'était un concert unique donné par Arthur Rubinstein. Elle était subjuguée par cet homme. À la fin du concert, Rubinstein avance sur la scène pour recevoir les vivats. Je la vois se lever d'un bond, presque courir dans les travées et tendre avec une ferveur inouïe ses bras vers ce grand pianiste comme elle aurait baisé les mains d'Elie Wiesel s'il lui avait parlé.

Il lui arrivait de marier le bleu, le blanc et le rouge. C'était chaque 8 mai de mon enfance. Maman prétextait une course à faire dans un des magasins de l'avenue Victor-Hugo où elle avait ses habitudes. La première fois, cela m'a surpris parce que le 8 mai les magasins sont fermés. Quand, année après année, je le lui faisais remarquer, elle me répondait, invariablement :

– C'est vrai, je l'avais oublié.

Nous nous garions au bout de l'avenue, presque à la place de l'Étoile. Elle arrêtait le moteur et fixait le drapeau tricolore sans pouvoir s'en détacher. C'est vrai qu'il est impressionnant et très beau, cet immense drapeau qui flotte ou claque fièrement au vent sous l'Arc de Triomphe. Là même où révolutionnaires, bonapartistes et républicains, aujourd'hui sculptés dans la pierre, sont partis au combat pour défendre la patrie en danger. Là où reposent, inconnus et en un seul, tous les soldats tombés durant la Grande Guerre et sur la tombe de qui défilèrent en 1940 et pendant plus de quatre ans les bottes et les camions de l'armée allemande.

Nous restions un moment sans rien dire et elle sans bouger jusqu'à ce que ses lèvres commencent à murmurer comme un chant psalmodié :

– Regarde bien, ici, pendant cinq ans, a flotté le drapeau du malheur. Celui qui n'a pas vu flotter la croix gammée ne peut pas comprendre.

Le silence se prolongeait jusqu'à la maison. Un silence de plomb et pas un mot d'explication. Je n'avais plus sept ans et pas encore treize ans. Je n'étais plus un enfant et pas encore vraiment un adolescent. Je me suis rendu compte par la suite qu'il fut l'un de ces moments où s'est formée ma conscience et qu'il me reviendrait, à moi seul, de démêler sur ma route le fil de mes racines perdues.

ÉPILOGUE

L'autre jour, au restaurant, une amie me conseille des épinards cuits mais servis froids avec, dessus, un peu d'huile d'olive et des copeaux de parmesan.

– Tu verras, c'est un régal, tu devrais en prendre, il y a plein de fer, de magnésium et de calcium, c'est bon pour la santé.

J'ai souri. Les mots d'une maman. Je me suis laissé tenter. Ils étaient délicieux. Des épinards ? Le tremblement du temps.

NOTES

1. Lettre à en-tête de la préfecture du Tarn, 1re division, 3e bureau, Service des étrangers en date du 11 novembre 1942.

2. Nicolas Abraham et Maria Torok, *L'Écorce et le Noyau*, Paris, Flammarion, 1978. Cette citation est tirée du texte signé par Nicolas Abraham « Notules sur le fantôme », originellement publié en 1975 dans la revue *Études freudiennes* (n° 9-10).

3. Mots prêtés à de Gaulle à Londres, tirés de l'interview d'Annette Wieviorka dans *Libération* du 16 juillet 2004 : « Le nazisme et Vichy les ont rendus plus lucides que d'autres », par Hervé Nathan.

4. Citation parue en exergue de l'article de Nathalie Peeters dans Mémoire d'Auschwitz ASBL, mai 2018. https://auschwitz.be/fr/education-permanente/analyses-et-etudes-de-2018

5. Laurent Joly, *La Délation dans la France des années noires*, Paris, Perrin, 2012, p. 147.

6. Extrait de la conférence de presse à l'Élysée du 27 novembre 1967 du général de Gaulle, alors président de la République.

7. Déclaration de Raymond Barre du 3 octobre 1980 à TF1.

8. Georges Kiejman, « À M. Barre », *Le Monde* du 7 octobre 1980.

9. Jean-Paul Sartre, *Réflexions sur la question juive*, Paris, Gallimard, Folio Essais, 1954.

10. Préface de décembre 1930 de Sigmund Freud à la traduction en hébreu de *Totem et tabou*.

11. Raymond Aron, *De Gaulle, Israël et les Juifs*, Paris, Plon, 1968, p. 69-70.

12. Andrzej Dedorowicz, « À la recherche des enfants disparus », *Courrier international* du 2 octobre 2013.

13. Michel Colomès, « Katyn, l'un des pires massacres de Staline », *Le Point* du 16 avril 2011.

14. United States Holocaust Memorial Museum, Varsovie, Encyclopédie multimédia de la Shoah.

15. Jacques Chirac, discours au Vél d'Hiv du 16 juillet 1995 lors de la cérémonie commémorative de la rafle des 16 et 17 juillet 1942.

16. « 16 juillet 1942, la rafle du Vél d'Hiv », Hérodote.net, le média de l'Histoire, le 11 mars 2020.

17. Jean-Louis Crémieux-Brilhac, « La France Libre et le " problème juif " » (*Le Débat*, 2010/5 (n° 162), p. 53-70) et Renée Poznanski, « Le débat du débat » (*Le Débat*, 2011/2 (n° 164), p. 185-192).

18. « U.S. State Department receives information from Switzerland regarding the Nazi plan to murder the Jews of Europe », pbs.org, American Experience.

19. Magda Hollander-Lafon, *Quatre petits bouts de pain*, Paris, Albin Michel, 2012.

20. *Si c'est un homme*, Paris, Julliard, Presses Pocket, 1987, p. 9.

21. Citation rapportée par Martine Chard-Hutchinson dans *Études*, 2012/2 (tome 416), p. 221-231.

22. Poème composé par Louis Aragon à l'occasion de l'inauguration en 1955 à Paris, dans le 20e arrondissement, d'une rue portant le nom du « Groupe Manouchian » et publié dans *Le Roman inachevé* (Paris, Gallimard,1956).

REMERCIEMENTS

En hommage affectueux à mes parents sans qui ce manuscrit n'aurait pu voir le jour.

Ma gratitude à Marie-Laure Viébel et Alice Meiringer qui m'ont accompagné dans mon travail d'écriture et à Catherine Dutheil-Desclercs et Laurence Viennot pour leurs précieux conseils.

Mes remerciements à Catherine Beauvois, Raphaële Beaudet, Claire Foucquier, Elisabeth Forney, Marie-Annick Ramassamy, Nicole Guedj et Laetitia Benedetti pour leurs encouragements.

Ma reconnaissance à Viviane Hamy, mon éditrice, et à Lise Chasteloux, sa collaboratrice, pour la confiance qu'elles m'ont témoignée et le soutien attentif qu'elles m'ont apporté.

Table

Cet ouvrage a été mis en pages par

<pixellence>

Dépôt légal : mars 2021
Achevé d'imprimer en janvier 2021 en Espagne par Liberdúplex